나는 번아웃이었다

나는 번아웃이었다

초판인쇄	2022년 9월 16일
초판발행	2022년 9월 22일
지은이	송슬기
발행인	조현수
펴낸곳	도서출판 프로방스
기획	조용재
마케팅	최관호 최문섭
편집	이승득
디자인	토 닥
주소	경기도 고양시 일산동구 백석2동 1301-2 넥스빌오피스텔 704호
전화	031-925-5366~7
팩스	031-925-5368
이메일	provence70@naver.com
등록번호	제2016-000126호
등록	2016년 06월 23일

정가 15,000원
ISBN 979-11-6480-241-8 03810

나는 번아웃이었다

송슬기 지음

프로방스

큰 소리 내서 울어 본 적 있으신가요? 열심히 하려고 하지만, 그럴수록 부담과 불안을 느낄 때는 없었나요? '잘할 수 있을까'란 생각만 해도 눈물이 났던 적, 기대나 노력, 모두 지쳐 아무것도 하고 싶지 않았던 적 없나요?

누군가의 위로도 들리지 않았습니다. 괜찮다고 하면 진짜 괜찮아질까? 여러 번 되뇌어도 소용이 없었습니다. 아무것도 하지 않았지만, 더 아무것도 하고 싶지 않았습니다. 번아웃(burn out: 불타서 없어진다.)이었습니다.

국내의 한 취업포털에서 '번아웃 증후군 경험여부'를 조사한 결과 직장인 750명 중 최근 1년간 번아웃 증후군을 겪은 직장인은 64.1%로 나타났습니다. 뿐만 아닙니다. 한 교복업체에서 청소년을 대상으로 스라밸(Study-Life Balance) 실현에 관한 설문을 진행한 결과 학업으로 인한 번아웃을 겪는 학생도 66%나 되었지요. 이쯤 되니 3명 중 1명은 번아웃을 경험합니다.

세계보건기구(WHO)는 번아웃 증후군이 주로 직무나 직업에 관련하여 나타나는 현상으로 규정하고 그 증상을 3가지의 양상으로 말합니다.

첫째, 직무로 인해 기력이 없고 쇠약하고 탈진한 상태.

둘째, 직업에 대해 부정적이고 냉담해지는 감정 상태.

셋째, 일의 효율이 저하된 상태.

그러나 꼭 직업과 관련되지 않아도 다양한 분야에서 많은 사람들이 번아웃을 경험합니다. 제 주변엔 2년 주기로 퇴사와 입사를 반복하는 친구의 남편, 직장생활은 힘들고 퇴사는 겁이 나서 장기 육아 휴직 중인 직장동료, 취업 대신 취집(결혼하여 전업주부가 되는)을 택한 친구도 있습니다. 증상도 다양합니다.

열정을 다하다 어느 날 갑자기 의욕을 잃어버리는 경우가 대표적입니다. 냉소적인 성격이 되거나 쉽게 짜증을 내고, 분노를 일으키기도 합니다. 감정조절이 잘되지 않으니 주변과의 갈등도 빈번히 일어납니다. 잠을 자도 항상 피곤하다고 느끼는 날도 많습니다. 만성 두통이나 요통, 소화불량, 근육통의 증상을 겪어 병원을 찾지만,

막상 건강검진을 하면 아무런 문제가 없습니다. 평소 좋아하던 일에도 흥미를 느끼지 못하고 무기력해집니다. 그러다 보면 우울하다고 느끼거나 인생에 대한 회의감을 느끼기도 합니다.

직장, 나이, 사회적 명성, 부와 관계없이 자영업자, 주부, 학생 그 누구나 겪는 증상입니다. 문제는 대부분 자신이 번아웃 증후군을 겪고 있다는 사실을 모를 때가 많습니다. 단순한 스트레스로 생각하거나, 슬럼프 정도로만 생각하고 일상생활을 지속합니다. 그러다 한순간에 무너져 퇴사, 혹은 극단적인 선택을 하는 경우도 생깁니다.

번아웃 증후군은 1970년도에 미국의 프로이덴버가 정신건강센터에서 일하는 직원들의 '탈진 현상'을 설명하기 위해 최초로 사용되어진 용어입니다. 이후 세계보건기구에서 2019년 5월 '제대로 관리되지 않은, 만성적 직장 스트레스로 개념화한 증후군'으로, 질병은 아니지만 건강상태에 영향을 미칠 수 있는 인자로 판단하여 정의하였습니다.

번아웃 증후군이라는 단어를 보자마자 제 상태라는 것을 알았습니다. 처음에는 스트레스를 극복하는 방법을 모른다고만 생각했습니다. 우울증은 아니었지만, 슬럼프를 겪고 있다고 생각했던 적이 많았습니다. 한없이 무기력해질 때면 이러지도 저러지도 못하는 제 나약한 마음을 탓하기만 했습니다.

일을 할 때는 야근이나 주말근무를 개의치 않고 일에 몰두했습니다. 업무로 인한 성취감을 얻을 때는 보람도 분명 느꼈습니다. 하지만 그와 별개로 점점 지쳐갔습니다. 일하고 싶지 않았지만, 그만두고 다른 무언가를 시작할 엄두도 나지 않았습니다. 그냥 눈떠지니 하루를 살았습니다.

사람들과도 거의 만나지 않았습니다. 사람을 만나고 나서 밀려오는 감정들은 시간, 돈, 감정을 낭비하는 것만 같았습니다. 주어진 역할 이외엔 아무것도 하지 않았습니다. 이렇게 살면 안된다고 생각하면서도 아무런 노력도 하지 않았습니다. 아니, 못했습니다.

제가 노력하면 반짝반짝 빛이 날 것이라 생각했던 삶은 허무해져 갔습니다. 열심히 노력했는데 헛살았다는 느낌이 들어 좌절할 때면 자존감이 바닥을 쳤습니다. 노력해도 되지 않는다는 것이 있다는 것을 깨달았습니다. 결과에 실망하는 것이 싫어 시간만 흘려보냈습니다. 마음은 늘 공허했습니다. 인생은 원래 다 힘든 것이라며 인생을 부정적으로만 봤던 적도 많았습니다.

소설을 한번 써봐야겠다고 마음을 먹었습니다. 상상을 하면 현실의 복잡한 문제들이 생각나지 않아 좋았습니다. 하지만 쉽게 써질 리가 없었습니다.

그때 지자체에서 기획한 관내 청년들의 독서문화 향상 및 마음건강 회복을 위한 글쓰기 지원 사업에 대한 공고를 보았습니다. '힐

링 북 컨설팅.' 하나도 마음에 와 닿지 않았습니다. 그래도 일주일에 2시간씩, 4번만 강의를 들으면 된다고 생각했습니다. 한번 해봐도 손해 볼 것이 없다고 생각했습니다. 글을 쓰는 데 도움이 되면 좋고, 아니어도 그뿐이라 생각하며 들었던 수업에서 인생수업을 만났습니다. 자이언트 북 컨설팅의 이은대 대표의 강의는 심드렁한 제 삶의 태도를 질책했고 반성하게 했습니다.

제 경험이 특별한 줄 알았습니다. 개인이 가진 각자 삶의 무게가 다르겠지만, 제가 제일 아팠습니다. 글을 쓰면서 알았습니다. 저의 경험은 살면서 경험할 수 있는 숱한 경험 중에 하나일 뿐이었습니다. 마냥 아프기만 한 줄 알았던 경험을 통해 성장도 했습니다.

무기력해서 아무것도 하지 않던 제가 '반드시 점 하나라도 찍겠다.'라며 매일 혼자 글을 씁니다. 가방엔 반드시 책 한 권을 넣어 다니며 저만의 속도대로 책을 읽습니다.

제 경험은 번아웃 증후군을 극복한 수많은 방법 중 극히 일부에 지나지 않습니다. 증상이 다양하듯 정답도 다 다를 것입니다. 하지만 이 책을 통해서 지쳐있는 분들에게는 위로와 공감이, 간절히 극복하고 싶은 분들께는 나아갈 수 있는 작은 용기와 도움이 되길 희망해 봅니다. 🌈

차
례

제1장

세상의 중심은 내가 아니었다

분명 열심히 했지만

인터넷 창에 '열심히'라는 단어를 쳤다. 인생 명언, 힘이 되는 글귀, 파이팅 짤. 엄청난 양의 콘텐츠가 검색되었다. 블로그에는 '열심히'라는 키워드가 들어간 수많은 책이 리뷰되고 있었다. 10대부터 많게는 60대 이상까지 독자의 연령층이 다양했다. 책의 내용도 각양각색이었다.

A 작가의 책에는 열심히 노력하여 삶이 달라진 경험이 쓰여 있었다. B 작가는 열심히 하는 것과 더불어 올바른 목표나 방향성이 있어야 한다고 강한 어조로 충고했다. C 작가는 열심히 한다고 결과까지 희망적인 것은 아니라며, 그저 주어진 하루에 최선을 다하라고 조언했다. 또 다른 작가 D는 지금까지 힘들게 잘 살아왔으니 너무 열심히 애쓰지 않아도 된다고 위로를 건네기도 했다. 많은 작

가들이 자신의 경험을 토대로 독자의 공감을 불러일으켰다. 이쯤
되니, '열심히'라는 말은 사람들에게 큰 영향을 미치는 것 같았다.
마치 종교와도 같은 절대적인 믿음처럼 느껴졌다.

　하고 싶은 것이 없어도, 재능이 없어도 무엇이든 열심히만 하면
뭐든 잘될 것이라 믿었던 적이 있었다. 뚜렷한 목표가 없었고, 원
하는 것이 무엇인지도 몰랐다. 어른들은 '어떤 사람이 될 것인가'
에 대한 고민보다 일단 학업에 충실하라고 조언했다. 공부만 잘하
면 나중에 하고 싶은 것을 마음껏 해도 된다고 말했다. 생각해 보면
헛된 시간을 낭비하지 말라는 말이었는데, 그때는 제대로 이해하지
못했다.

　학창 시절, 나는 학교에 열심히 출석만 했다. 목표나 의지가 없었
기에 공부를 해야 하는 이유를 제대로 알지 못했다. 그러니 공부에
제대로 집중하지 못한 적이 훨씬 많았다. 완벽한 1등은 아니었지만,
큰 노력 없이도 성적은 대체로 좋았다. 마음만 먹으면 열심히 최선
을 다할 자신이 있었다. 열심히만 하면 잘할 것이라는 자만심도 있
었다. 나의 최선이 멋진 삶을 가져다줄 것이라는 맹목적이고 근거
도 없는 희망적인 생각을 하며 얼렁뚱땅 자라고 있었다.

　고등학교에 진학할 무렵, 아버지의 사업이 화재사고로 어려워졌
다. 바쁜 아버지의 얼굴을 마주하는 날은 일주일에 한두 번이 전부

였다. 사업에 몰두하셨던 아버지와 갈등이 생길 시간이 없었다. 그러나 아버지의 사업 실패 후 영화나 드라마의 클리셰처럼 갈등이 시작되었다. 고등학교 시절 내내 아버지와의 날 선 대립이 지속되었다.

하루는 등굣길에 너무 심하게 싸워 통학버스를 놓친 일이 있었다. 나는 등교를 거부했지만, 어머니는 그런 나를 억지로 택시에 태워 학교로 보냈다. 그날 모의고사의 정답을 1번으로 줄 세우고 하루 종일 잠을 잤다. 성적표가 나오고 나는 담임 선생님에게 불려가 혼이 났다. 선생님은 처음에는 이유를 물었지만, 대답이 없는 내 모습을 사춘기 때 흔히 할 수 있는 반항이라고 생각하시는 것 같았다.

아버지와 나는 서로의 입장을 이해해 보려고 하지 않았다. 그런 둘 사이를 중재하던 어머니의 시도는 늘 실패였다. 갈등을 피하려면 아예 물리적으로 부딪히지 않는 것이 최선이었다.

아버지와의 갈등으로 나는 독립이라는 목표를 세웠다. 내가 합리적으로 독립할 수 있는 길은 수도권 대학으로의 진학이었다. 목표가 생기면서 최선의 노력을 했다. 밤늦은 시간까지 남아서 야간 자율학습을 자발적으로 했다. 일주일도 되지 않아 문제집 한 권을 풀어냈다. 스스로 부족한 부분을 찾았고, 서울 유명 학원의 인터넷 강의를 들으며 보충학습을 했다. 그러나 단 몇 개월의 최선으로 만족할 만한 결과는 나오지 않았다. 실패였다. 욱여넣듯 성적에 맞춰

대입 원서를 넣었다. 지방 어느 대학의 장학생으로 선발되어 입학했지만, 입학식을 끝으로 학교에 나가지 않았다. 내 삶에서 최초의 좌절이었다.

목표하는 대학이 없었다. 오로지 수도권 대학 진학만이 독립의 방법이었을 뿐, 다른 지방대학 진학은 고려 대상이 아니었다. 몇 개의 대학을 추천받아 원서를 넣었지만, 비싼 등록금을 내며 다니기 싫었다. 그렇다고 대책도 없이 무작정 집을 나갈 수도 없었다. 고등학교를 졸업한 여자아이가 선택할 수 있는 선택지는 많지 않은 것 같았다.

경제적 독립이 우선이었다. 친척들에게 졸업 선물로 받았던 현금 100만 원으로 공무원 학원에 등록했다. 학원비를 내고 부족한 돈은 아르바이트를 하며 채웠다. 아버지가 너무 싫어서, 아버지가 주는 돈 조차 싫었다. 부모님의 경제적인 도움은 받고 싶지 않았다. 돈을 받으면 부채감이 생길 것만 같았다. 어린 날의 치기쯤이었을 것이다.

학원에는 벌써 몇 년째 수험생활을 하고 있는 수강생들이 많았다. 합격 수기를 살펴보니 평균 공부 기간이 2년 정도 걸린다고 했다. 6개월 정도 수험생활을 흉내 냈다. 결과는 불합격이었다. 군인도 공무원이라는 작은아버지의 권유에 공군 부사관 입대를 결정했다. 그렇게 독립의 꿈을 이루었다.

독립하면 내가 원하는 대로 살 수 있을 줄 알았다. 그러나 군대 생활은 생각보다 힘들었다. 무슨 말인지 이해되지 않는 규정들을 달달 외웠고 졸음을 참아가며 밤낮 구분 없이 교대 근무를 했다. 갖은 시선과 구설수를 견뎌가며 무식하게 버텼다. 또래의 대한민국 남자들은 2년 정도 군대를 다녀왔다. 임관 후 여군의 의무 복무 기간 3년. 그 정도면 나도 할 수 있을 것이라 자신했다. 버텨내지 못하면 세상에 내가 할 수 있는 일은 아무것도 없을 것 같았다.

군 생활에 만족하진 않았지만, 그만둘 용기가 없었다. 전역 후 취업 걱정을 하며 다시 치열하게 살고 싶지 않았다. 숱하게 망설인 끝에 결국 복무 연장을 신청했다. 군 생활은 3년에서 6년으로 늘어났다.

동료들과의 원활한 관계를 위해 노력했다. 주변 동료들로부터 인정도 받았다. 업무적으로 정통하고 싶어 알 때까지 집요하게 파고들었다. 장기 복무에 선발이 되어 사고만 없으면 30년 군 생활도 보장되었다. 그렇게 5년을 열심히 노력하며 살았지만, 마음이 허전했다. 진짜 나는 없는 것 같았다. 너무 지쳐 있었다.

당시 친구들은 취업 고민, 당장 다음 학기 등록금을 걱정했다. 그들에게 내 고민은 '호강에 겨워 징징거리는 소리'일 뿐이었다. 고민을 나눌 형제도 없었다. 부모님에겐 더욱 의지하고 싶지 않았다. 함께 고생한 동료들에게도 이야기할 수 없었다. 나약한 마음이 곧 나의 약점이었다. 들키고 싶지 않았다.

잘 살기 위해선 열심히 살면 되는 줄 알았다. 최선을 다해서 살면 최고의 결과를 얻을 수 있다고 믿었고 의심하지 않았다. 지금껏 세상은 나를 중심으로 돌아간다고 생각했는데, 노력이 나를 배신하는 것만 같았다. 큰 성공이나 명예를 원한 것도 아닌데 현실에 만족하지 못했다. 마음이 채워지지 않았다. 내가 욕심이 많은 사람처럼 느껴졌다. 분명 열심히 했다. 노력을 해도 인생이 풀리지 않는 것 같다는 생각이 자꾸만 들었다.

한 TV 프로그램에서 뇌 과학자 정재승 박사가 말했다. 어른이 된다는 것은 내 마음대로 사람을, 세상을 통제할 수 없다는 것을 깨닫는 것. 무기력감 없이 인정하고 받아들이는 것이라고.

풀리지 않는 인생이라며 내 탓을 하고, 남 탓을 하며 허우적거렸다. 세상은 나를 중심으로 돌고 있지 않았다. 세상을 내 마음대로 할 수 없다는 것을 인정하고 나니 비로소 보인다. 세상이 나를 주인공이라 하지 않아도 내 인생에서만큼은 내가 주인공이라는 것. 내 삶의 주도권은 놓치지 않는다. 세상이 내 마음 같지 않다면 내가 할 수 있는 것은 오로지 나의 마음, 나의 인생뿐이다.

나만 늘 제자리야

내가 군 복무를 했던 상황실은 보안상의 이유로 통신이 제한적이었다. 근무 장소에는 휴대폰을 반입할 수 없었다. 설령 소지하더라도 무선전파가 차단되는 곳이라 무용지물이었다. 상황실 근무는 주말, 밤낮 구분 없는 교대 근무였고, 친구들에게서 걸려오는 전화는 대부분 부재중일 때가 많았다. 친구들을 만나려면 두 달에 한 번 돌아오는 휴일을 기다려야 했다. 서로에 안부를 묻고 싶어도 연락이 제대로 되지 않을 때가 많았다. 그나마 SNS를 이용하여 일상을 공유하고, 댓글이나 메시지를 통해 친구들과 소통을 했다. SNS는 친구들과의 시간적, 물리적 한계를 해소시키는 수단이었다.

어느 날, 동창 T에게서 SNS 메시지가 와 있었다. T는 육군 소위로 임관을 앞두고 있었다. T는 나와 친하게 지내는 H의 SNS를 통해 내가 군 복무를 하고 있다는 소식을 접하고 반가워 연락을 한 것이었다. 초등학교를 졸업하고 7년 만에 처음 받은 연락이었다.

군 복무를 하면서 진짜 친한 친구 몇 명을 제외하고 자연스럽게 주변과 연락이 끊어졌다. 생존 소식도 불분명하던 내 이야기는 T를 통해 다른 동창들에게도 전달되었다. 남자아이들은 내가 군대를 선택한 이유를 궁금해했다. 스무 살 여자아이가 대학 대신 왜 군대에 간 것인지, 군대 생활은 할 만한지 물어왔다. 대체로 나를 신기해하거나 이해하지 못하겠다는 반응이었다. 여자아이들은 또 그들대로 형편이 어려워서 대학을 못 간 것인지, 자의로 가지 않은 것인지 궁금해했다. 그중 가장 최악의 반응은 군 생활이 힘들겠다고 결론지어 놓고는 내가 안 됐다며 동정 어린 시선으로 대하는 아이들이었다. 힘내라며 건네는 말은 누구를 위한 말인지도 모르는 위로였다.

처음에 나는 동창들의 반응에 별 관심이 없었다. 남들이 어떻게 생각하든 간에 나만 아니면 그뿐이라 생각했다. 나는 열심히 살고 있다고 생각했고 힘들었지만 내 나름의 이유로 치열하게 살고 있었기에 괜찮았다.

남의 시선을 의식하지 않고 살고 싶었다. 스스로를 신뢰하고 지지하는 사람, 타인의 평가를 겸허히 수용하는 사람, 자신을 있는 그

　나는 번아웃이었다

대로 사랑하는 자존감 높은 사람이 되고 싶었다. 그러나 인사 평정 시기만 되면 동료보다 좋은 점수를 받기 위해 눈치를 살폈다. 각종 대회나 평가 결과로 내가 더 적임자임을 증명하려 했다. 다른 사람과의 경쟁을 통해 나의 삶의 가치를 판단했다. 내가 좋은 평가를 받지 못할 때면 내가 괜찮지 않은 사람인 것 같아 남과 비교를 하며 스스로를 채찍질했다.

처음 SNS를 시작할 때는 분명 친구들과의 소통을 위한 수단이었다. 동료와의 끊임없는 비교는 친구들과의 비교로도 이어졌다. 성형을 해서 예뻐진 친구와 내 외모를 비교하고, 예쁜 원피스를 입은 친구와 군복 입은 나를 비교했다. SNS에 보이는 친구들의 여유로운 대학생활과 치열하게 살고 있는 나를 끊임없이 비교했다. 부모님에게 용돈을 받아 최신형 핸드폰을 산 친구를 보면서 월급날 고스란히 빠진 카드 값에 내 삶이 허무하게 느껴졌다. SNS는 내 삶을 가치 없다고 생각하게 만드는 원흉이 되었다.

근무가 끝나고 살던 영외숙소로 돌아가면 나도 출퇴근하는 직장인과 다를 바 없었다. 하지만 숙소 옆으로 보이는 부대 담벼락과 이중으로 쳐진 철책이 나의 자유를 막고 있는 거대한 감옥 같았다. 어쩌다 근무 중에 사소한 실수라도 하는 날이면 어쩔 줄 몰랐다. 대책 없이 흔들렸다. 힘든 감정들을 쏟아 내지 못했다. 드러내고 나면 내가 볼품없어질 것 같았다. 버텨야 했다. 나약해진 정신력을 붙잡아야 했고, 뭐라도 해야 했다. 조국의 영공을 방위하고 어쩌고는 자긍심이 되지 않았다. 군대 이야기를 빼고 나를 설명할 수 있는 그 어떤 것도 없었다. 나는 그냥 군인일 뿐이었다.

남들에게 그럴싸한 인생을 살고 있는 사람으로 보이고 싶었다. 목적도 없이 영어 공부를 했다. 자격증도 몇 개 취득했다. 살을 빼면 좀 괜찮은 외모가 되지 않을까 해서 다이어트도 했다. 그래도 만족스럽지 않았다. 노력할수록 더 자괴감에 빠졌다. SNS 속 타인의 삶은 더 화려했고 더 멋있어 보였다.

열심히만 산다고 되는 것이 아니라고 했던가. 나의 노력의 방향성을 의심하기 시작했다. 몰아붙여 온 시간들이 후회와 원망이 되었다.

누군가가 나의 모습을 보는 것이 겁이 났다. 누군가도 내 모습과 자신을 비교하며 우월감 느낄 수도 있다고 생각하니 비참했다. 이후 나는 SNS를 그만뒀다. 겉으로 보기에는 바빠서 중단된 것처럼 보였다. 의도된 중단이었다. 비교할 대상이 직접적으로 보이지 않으니 마음이 덜 힘들었다. 물론 모든 순간이 괴로운 것은 아니었지만, 대체로 삶의 만족감이나 행복감을 느끼진 않았다.

아무것도 하지 않을 때는 더욱 불안했다. 일에만 몰두했다. 업무 지원 부서로 보직이 변경되었을 땐 야근도, 주말 긴급 호출도 가리지 않았다. 할 수 있는 범위에서 최선을 다했다. 작은 것 하나라도

나는 번아웃이었다

놓치지 않으려고 노력했다. 업무에서조차 인정받지 못하게 될까 두려웠다. 내 삶이 송두리째 부정당할까 봐 겁이 났다. 겉으로는 더욱 단단해 보이려고 애썼다. 비교하지 않는다고 나아진 건 없었다. 나만 늘 제자리였다.

새해만 되면 항상 연락이 오는 3년 터울의 B 후배가 있다. 나보다 나이가 6살이나 많은 언니다. 직장 생활도, 사회경험도 나보다 훨씬 많지만, 나이 어린 선배를 늘 깍듯이 대해주는 고마운 인연이다.

B 후배는 이제 선배가 되어 자신의 후배를 보며 나를 추억했다. 나는 당시 치열하게 살고 있었는데, B는 그런 내 모습을 이리 뛰고 저리 뛰면서도 늘 열심히 했던 선배로 기억하고 있었다. 그리고 그런 나 때문에 자신이 얼마나 힘들었는지 모를 것이라며 농담을 건넸다. 아마 B도 나와 자신을 비교했거나, 또 의도치 않게 비교 당하며 힘든 시간을 버텼는지도 모른다는 생각이 들었다.

남과 비교하는 것은 스스로를 좀먹는다. 비교를 통해 우월감을 느끼면 자만하거나 교만해진다. 열등감을 느끼면 스스로를 초라하게 느낀다. 어느 것 하나 좋은 것이 없다.

내가 정말 원하는 삶이 무엇인지 생각해 본다. 글을 쓰기로 결심한 후 다시 SNS를 시작했다. 타인과의 비교는 그만하기로 마음먹는다. '좋아요'와 '팔로워나 이웃수'에도 크게 의미 두지 않기로 한다. 대신 책을 읽고 일상을 기록하기로 한다. 남보다 나에게 좀 더 집중한다. 처음 글을 썼을 때의 나와 현재의 나를 비교한다. 아직 부족하지만 처음 썼던 글보다 훨씬 더 다양해진 구성과 늘어난 분량 등이 눈에 보이기 시작한다. 달라진 나를 발견한다. 비교할 것은 어제와 달라진 나, 그거면 충분하다.

현실과 이상의 괴리감

이상적인 삶을 살면 인생이 행복할까? 이상은 대체로 꿈, 이념, 비전, 포부 같은 말로 비슷하게 설명된다. 나는 어릴 때 꿈을 적으라고 하면, 성인이 되어서 어떤 직업을 가질 것인지에 대해서만 고민했다. 그래서 희망 직업은 곧 꿈이자 이상적인 삶이었다. 원하는 대로 직업을 가지고 살면 행복할 줄 알았다.

어릴 땐 막연하게 하고 싶은 것이 많았다. 드라마나 영화의 주인공이 멋지게 살면, 그들의 직업은 곧 꿈이 되었다. 꿈을 이루기 위해 구체적으로 어떤 노력을 해야 하는지는 관심이 없었다. 사춘기가 지나서야 무슨 일이든 잘할 수 있을 것이라는 내 마음과 달리, 실제로 내가 잘할 수 있는 일이 몇 개 없다는 것을 깨달았다. 잘하는 것이 없으니 무언가를 하고 싶은 마음도 들지 않았다. 뭘 해야 할지 몰랐지만, 한 가지 확실한 것은 경제적인 자립이라는 목표였다.

내 힘으로 의식주를 해결할 수 있는 직업을 갖는 것. 그것이 스무 살, 어린 나이에 군 입대를 결심한 이유였다. 처음 임관하고 받은 월급은 많지 않았지만 혼자 생활하기에는 충분했다. 내가 원하는 대로 경제적으로 독립을 하게 되었으니, 직업군인의 삶이 나에게는 이상적인 삶이어야 했다. 그러나 내 삶은 기대나 생각만큼 행복하지 않았다. 분명 나의 바람대로 이상적으로 살고 있는데, 왜 현실이 버겁기만 한지, 괴리감이 괴로움이 되는 날이 많았다. 스스로에게 '잘 살고 있나?'라고 물을 때면 확신이 생기지 않았다.

A 친구는 꿈이 공무원이었다. 처음부터 공무원은 아니었던 것 같은데, 자라면서 아버지의 사업이 잘되는 날과 잘되지 않는 날의 차이가 너무 심하다는 것을 깨닫고는 경제적 안정감을 1순위로 택한 꿈이었다. 공무원 월급은 많지 않았지만, 저녁이 있는 삶이나 워라밸(Work-life balance)로 충분히 만족할 수 있다고 줄곧 말했었다. 결국 A는 졸업 후 사회복지 공무원에 합격하였다. 친구들 중 유일하게 꿈을 이룬 친구였다. 친한 친구들은 A가 행복한 줄 알았다. 가끔 모여 수다를 떨 때면 A는 자신의 불안한 감정, 우울한 감정을 말하긴 했지만 으레 직장 생활의 스트레스라고만 생각했다.

A는 최근 육아휴직 중이었다. 안부 전화 속 친구의 목소리는 전보다 훨씬 밝았다. 자신은 직장에서 일할 때보다 가사 일에 전념하

고 아이들이 커가는 모습에서 더 행복을 느낀다고 했다. 그리고 지금에서야 말하지만 잦은 야근과 과중된 업무, 악성 민원으로 공황장애를 경험했다고 덤덤하게 이야기 했다. 지금의 육아를 하는 삶이 너무 만족스러워 복직을 고민하고 있다고 말했다.

나는 친구의 말을 이해할 수 있었다. 고용불안이란 현실 속에서 정년이 보장된 정규 직장은 충분히 이상적이다. 하지만 이상적인 삶을 산다고 해서 반드시 현실이 행복하다고 단정할 수는 없었다.

B 친구는 현모양처가 되는 것이 꿈이었다. 부모님의 이혼으로 늘 가족에 대한 갈망이 컸던 친구는 대학을 졸업하자마자 남편을 만나 결혼을 했다. 10살 차이가 나는 남편, 그리고 어렵던 시댁살이도 마다하지 않고 최선을 다해 결혼생활을 한 친구였다. 남편의 잦은 이직에도 남편을 뒷바라지하며 자신의 월급으로 시부모님에게 용돈까지 챙겨드린 악착같은 친구였다. 8년이 넘게 생기지 않는 아이 문제로 각종 난임 시술은 물론이고 부적이나 굿 같은 무속신앙을 동원하는 노력을 기울이기도 했다. 번번이 임신이 되지 않을 때마다 돌아오는 시댁의 폭언으로 시댁 식구들과 갈등을 겪었지만, 자기 사전에 이혼은 없다고 했다. 남편의 외도로 마음고생도 심했지만, 결혼생활을 꿋꿋이 이어갔다. 친구에게는 이혼을 하지 않는 것이 이상적인 결혼생활이었을 것이다.

그러던 결혼 10주기를 3개월 앞두고 친구는 결국 이혼을 했다.

남편의 외도 상대가 임신 5개월이라는 것을 알고 내린 결정이었다. 자신의 아이가 아니었지만, 아이에게만큼은 자신이 겪은 부모의 부재가 되풀이되지 않기를 바라는 마음이었다고 한다.

B의 표정은 결혼생활 때보다 훨씬 밝아졌다. 운동을 하며 여가 생활을 즐기고, 주변의 마음이 맞는 또래 친구들과 어울린다. 결혼생활 때는 상대에게 맞추어 살았지만, 이혼 후에는 자신을 위해서 산다고 말한다. 친구의 마음을 다 알진 못하지만, 적어도 지금은 자신이 행복하다고 말하는 친구를 보면서, 자신이 생각하던 이상과 다른 삶도 행복을 가져다줄 수 있구나 싶었다.

이쯤 되니 철학자도 아닌데 '산다.'는 것에 대한 의미를 생각해 본다. 어떻게 살아야 행복해지는가에 대한 절대적인 답은 없는 것 같다.

'너 자신을 알라'는 고대 그리스 델포이의 아폴론 신전 현관 기둥에 새겨져 있던 유명한 문구다. 사람들은 자신이 감당할 수 없다고 생각하는 문제의 해결을 위해 신에게 기도를 하고 답을 구했을지도 모른다.

조금 다르게 생각해 본다. 어쩌면 문제 해결에 대한 답은 자신에게 있음을 알려주는 말이 아니었을까? 자신을 아는 것. 현재 어떤 사람이고, 무엇을 원하는지 아는 것. 그것이 문제 해결의 정답이 아닐까 하는 생각이 든다.

나는 별아웃이었다

글을 쓰면서 과거의 경험들을 되짚어 보며 알게 된 것이 있다. 나는 스스로를 인정하지 않으려 했다. 내가 가진 장점을 보지 않았고, 나의 부족한 점을 인정하지 않았다. 상황을 탓하며 포기만 했다. 취직이 힘든 시기, 정년이 보장되는 직장을 가지는 것이 제일이라는 남의 말만 들었다. 안정적인 직장이 이상적인 삶이고, 내가 원하는 삶이라고 생각했다. 내 삶인데 내가 원하는 것을 제대로 알지 못했다. 내가 없었다.

아직 내가 원하는 삶이 정확하게 무엇인지 잘 모른다. 하지만 글을 쓰면서 내가 할 수 없는 일을 원망하기보다 인정하고 받아들인다. 할 수 없는 일은 억지로 하려고 하지 않는다. 대신, 할 수 있는 일에 집중한다. 내 안에서 정답을 찾아, 하고 싶은 일을 고민한다. 막연하게 꿈꾸지 않는다. 먼 미래를 그리며 '행복하게 살기'라고 두루뭉술하게 말하지 않고 현재에 집중한다. '하루 10분 이상 책 읽기'와 같이 작고 사소하게 쪼개어 구체적으로 실행한다. 실행하고 나면 하루를 주도적으로 살았다는 생각에서 스스로가 대견해진다. 할 수 있다는 자신감이 생기니 덩달아 제법 괜찮은 사람이라는 긍정적인 마음이 든다.

4

절망은 무기력이 되고

2019년, 처음 코로나가 전 세계를 덮쳤을 때 뉴스에서는 앞다투어 전파력과 치명률에 대한 위험성을 알렸다. 국내에서도 많은 감염자가 발생했고, 정부는 사회적 거리 두기, 감염자 격리 등 많은 대처를 진행했다. 코로나 상황이 장기화되면서 도리어 다른 문제들도 이슈가 되었는데, 그중의 하나가 '코로나 블루'였다. 코로나의 장기화로 일상에 큰 변화가 일어나면서 생긴 우울감이나 무기력증을 뜻했다. 학교를 제대로 출석 할 수 없는 학생들부터 일터를 잃어버린 노동자들, 생계가 힘들어진 자영업자들, 업무 강도가 높아진 의료 인력은 말할 것도 없었다. 코로나 이전에도 사람들은 우울감이나 무기력을 경험했지만, 코로나 이후에는 남녀노소를 가리지 않고더 많은 사람이 우울한 감정을 겪게 되었다.

나는 번아웃이었다

모르는 사람은 없겠지만, 우울감은 기분이 저하된 상태를 말한다. 이런 증상은 사고의 형태, 흐름, 행동, 의욕, 수면, 신체활동 전반에 영향을 미친다고 한다. 여러 이유에서 스트레스를 받으면 뇌 기능이 떨어지고 우울감이 생기는데, 이러한 우울감이 우울증으로 발전한다고 설명한다.

　스스로를 우울증이라고 생각해 본 적은 없었다. 단순히 스트레스를 잘 받기 때문에 '힘들다.' 느끼는 줄 알았다. 대부분의 사람들도 나와 같은 줄 알았다. 현대인들 중에 스트레스를 받지 않는 사람은 없을 것이라며 누구나 겪는 가벼운 감정이라고.

　"내 기분은 내가 정해. 오늘은 행복으로 할래."라고 말하던 이상한 나라의 앨리스처럼 나 역시 내 기분과 내 감정을 스스로 조절할 수 있다고 생각하기도 했다.

　군 생활 5년 차가 되어 군 생활이 제법 익숙해졌을 때였다. 금요일이면 퇴근과 동시에 주말에 먹을 음식을 사 들고 15평 숙소로 들어왔다. 한 번 들어오면 월요일 출근할 때까지 현관문조차 열지 않았다. 아무것도 하고 싶지 않았다. 주말이면 좁은 숙소에서 하는 일이라곤 종일 누워있는 일, 먹는 일, 자는 일이 전부였다.

　월요일이 되면 주말에 늘어진 모습과는 달리 일에 몰두하며 바쁘게 지냈다. 가끔은 퇴근 후 같이 일하는 동료들과 가벼운 맥주 한잔을 마시며 시간을 보내기도 했다. 공동의 적인 상사 욕을 하는 등

의기투합하며 낄낄대는 정도가 다였다. 특별히 스트레스를 극복하는 방법은 없었지만, 사회생활에 문제가 될 정도는 아니었다.

나는 남들에게 이상적으로 산다는 것을 인정받고 싶어했던 것 같다. 적당히 안정된 직장을 다니고, 적당히 비슷한 환경의 남자와 결혼하는 것. 아내 역할, 엄마 역할을 하면서 남들과 비슷하게 적당히 사는 것. 그게 이상적인 삶인 것 같았다. 군인이던 남편과 27살에 결혼해 아이들을 낳고 살고 있으니, 실제로도 적당히 살고 있는 셈이었다.

나는 준비된 부모가 되고 싶었다. 유년시절 아버지와의 갈등이 내게 상처였기 때문에 나는 아이에게 상처를 주고 싶지 않았다. 아이의 말에 잘 공감하는 엄마, 친구처럼 지내는 좋은 엄마가 되고 싶었다.

어릴 적부터 아버지와 갈등이 잦았다. 어른이 된 지금도 마찬가지다. 아버지와의 갈등은 대개 고통이나 분노, 패배감, 절망 같은 부정적인 감정을 일으켰다. 내가 엄마가 되어 아이를 키우게 되니 아버지를 대할 때 조심스러웠다. 아이가 보는 앞에서 아버지와의 갈등을 드러내고 싶지 않았다. 머리로는 알고 있었지만, 늘 이성보다는 감정이 앞섰다. 내가 생각하는 아버지의 부정적인 모습을 내 아이에게만큼은 보여주고 싶지 않았다. 아이가 경험하는 부모-자녀

관계는 이상적이기만을 희망했다.

아버지와의 관계 개선을 위해 노력해야 했다. 대화가 필요했다. 갈등의 원인이 무엇이었는지 이야기를 했고, 감정에 호소도 해보았다. 하지만 서로에게 기대하는 모습 때문에 간격은 쉽게 좁혀지지 않았다. 나는 아버지를 이해하지 못할 때가 많았다. 갈등 속에서 왜 이렇게 나만 좌절감을 느껴야 하는지도 알 수 없었다. 내가 노력한다고 해서 관계가 개선되지도 않았다. 아버지가 원하는 대로 "네. 네."라고 대답하면 갈등은 생기지 않을지도 몰랐다. 하루에도 수십 통이 넘는 전화를 받았다. 사소하게는 우체국 전화번호를 물어보는 것부터 세금업무 처리까지. 문자메시지를 보내고 메일을 받는 것도 수십 번을 알려드렸지만 항상 내 손이 필요했다. 지긋지긋했다.

남들은 나이 드신 어르신이 그런 것쯤 부탁할 수도 있는 일이라며 뭐 예민하게 구냐고 나를 타박했지만 아버지의 일은 새벽 6시, 밤 11시, 시도 때도 없었다. 주말도 예외 없었다. 급한 일이 생기면 내 일정은 고려되지 않았다. 나의 의사와는 상관없이 당신 의지대로 일이 풀려야 했다. 가족들 모두가 당신의 마음과 같아야 한다는 이기적인 생각에 일이 제대로 되지 않으면 어김없이 갈등이 되풀이되었다. '내가 조금 이해하면 되겠지.'라고 마음먹으면, 그다음엔 더 많은 것을 더 당연하게 요구하는 아버지의 모습에 진절머리가 났다. 나는 효녀가 아니었지만, 그렇다고 무정한 딸도 아니었다. 그 사이에서 나는 자꾸만 지쳐갔다.

아버지의 태도는 내가 아무리 노력한다고 해도 바뀔 수 있는 것이 아니었다. 내 의지로 아버지를 바꾸려고 한다는 마음 자체가 처음부터 잘못되었다는 것을 깨달았다. 갑자기 억울했다. 나만 희생하고 헌신하는 것 같았다.

나는 딸로서, 아내로서, 엄마로서 살고 있었지만, 그 모든 역할을 떠나서 쉬고 싶었다. 그만둘 수만 있다면 그만두고 싶었다. '내가 대체 무엇을 위해 이렇게 해야 하는 거지?'라는 의문이 들었다. 잘 살아야 하는 동기가 생기지 않았다. 삶의 목적도 다 소진되었다. 그렇게 모든 것에 의욕을 잃어버렸다.

마틴 셀리그만의 학습된 무기력. 두 가지 사례를 든다. 말뚝에 묶여 있던 어린 코끼리는 충분한 힘을 가진 어른 코끼리가 되어도 말뚝을 뽑아낼 엄두를 내지 못한다. 신호에 따라 전기 충격을 경험한 개는 도망갈 기회를 주어도 꼼짝 않는다. '해봤지만 별 수 없었어.'라는 실패의 경험이 학습되어 시도조차 하지 않는다는 이론이다.

아버지와 갈등을 해결하고 싶어서 노력했지만 변화된 것이 없었다. 실패를 반복한 탓에 좌절하고 절망했다. 도전하고 싶은 욕구도 사라졌고, 희망도 없었다.

그 시절 나는, 중요한 사실을 잊고 있었다. 코끼리에게는 큰 힘이, 개한테는 도망갈 공간이 존재했다는 것. 내게도 힘과 기회가 분명 있었을 테지만, 그것을 찾을 시도조차 하지 못했었다. 무기력했던 과거의 내게 전하고 싶다. 아직은 힘이 있다고. 틀림없이 기회가 있을 것이라고.

5

상처받지 않기 위해

나는 나서기를 좋아하는 활달한 성격의 아이였다. 교우관계도 원만한 편이었고, 모두에게 사랑받고 인정받고 싶은 욕구도 강했다. 모든 사람들이 나에게 호의적이진 않았지만, 타인과 곧잘 어울렸다.

임관 후 함께 교육을 받으면서 군기를 잡던 선배들이 있었다. 숙소 생활을 같이하다 보니 일상이 긴장의 연속이었다. 군대는 학교를 졸업하고 처음 접하는 사회생활이었다. 실수도 많았고, 미숙한 점도 많았다. 선배들이 지적하면 열린 마음으로 들었다. 나에게 해주는 조언이라 생각하며 고치려고 노력했다. 그렇게 해야만 하는 줄 알았다. 교육이 끝날 무렵엔 개인 연락처를 주며 힘들 땐 언제든지 연락하라고 했던 선배도 있었고, "넌 어딜 가서도 잘할 거야."라며 격려해 주는 선배들도 있었다.

　3개월 넘게 같이 동고동락하며 나를 봐온 동기들은 선배들과 잘 지내는 것도 내 성격의 장점이라고 말했다. 나는 선배들이 잘 지내고 싶어하는 내 본심을 알아주었기 때문이라 생각했다. 진심은 통하는 법이니까 내가 노력만 하면 타인과 잘 지낼 수 있을 것 같았다.

　나는 내가 기억하고 싶은 것만 유리하게 기억했다. 분명 학창 시절에도 나와 잘 지내지 않았던 친구들이 있었을 터였다. 하지만 나는 노력하면 누구와도 잘 지낼 수 있을 것이라 착각했다. 사람의 관계가 한 사람의 일방적인 노력만으로 되는 것이 아니라는 것. 한 살 어린 남자 후배 L로 인해 알게 되었다.

　보통 바로 위의 선배가 신입사원을 챙기고 가르치듯 나도 L을 포함하여 3명의 후배를 받았다. 또래였으니 비슷한 점이 많을 것이라 생각했다. 힘든 점이 있거나 어려운 점이 있으면 누나처럼, 친구처럼 이야기를 들어주고 잘 지내려고 했다. 2명과는 잘 지냈는데 L은 유난히 나를 무시했다. 분명 눈이 마주쳤는데 인사도 하지 않았다. 처음에는 못 보았나 싶어 내가 먼저 가서 인사를 했다. 어떠한 대꾸도 없이 철저하게 무시당했다. 나를 포함하여 여러 명이 대화를 하고 있으면 마치 나만 없는 사람처럼 대했다. 오해가 있으면 오해를 풀고 싶었다. 너무 황당했다. 대체 L이 내게 왜 그러는지 나를 포함한 동료 누구도 정확한 이유를 몰랐다. 다만 냉랭한 관계로 미루어

L과 내가 주먹다짐을 했다는 잘못된 소문만 무성했다. 한 번도 언성 높여 싸워 본 적이 없었다. 애초에 대화 자체를 하지 않았는데, 어떻게 오해를 푼단 말인가. 나로서는 경험해 본 적 없는 상대의 태도였다. 처음에는 당황했고, 다음엔 화가 났다. L만 보면 미운 감정이 들었다. 내가 잘해보자고 하면 할수록 철저하게 외면당하고 무시당했다. 나만 상처받았다. 1년이 넘는 시간 동안 관계는 개선되지 않았다. 시간이 계속될수록 L을 보면 나만 얼굴을 붉혔다. 나만 손해였다. L에게 무시당하는 동안 나도 상처받고 있었다. 결국 나도 똑같이 L을 무시했다. 같은 자리에 있어도 투명인간으로 취급했다. 관심 자체를 두려 하지 않았다.

관심을 가지면 상대에게 기대하는 마음이 생겼다. 내가 바라는 만큼의 반응이 돌아오지 않으면 상대에게 실망하고 좌절하게 되었다. L을 없는 사람 대하듯 행동했다. 생판 일면식도 없는 사람이라 생각하니, 잘 지내려고 노력할 필요조차 없다는 생각이 들었다. 모르는 사람처럼 대하기로 마음먹고 나니 오히려 L을 향한 미웠던 마음이 한결 나아졌다.

L과의 일을 경험한 뒤 나는 노력이 반드시 문제 해결을 할 수 있을 것이라는 생각을 바꿨다. 아무리 노력해도 되지 않는 일이 있을 수 있다고 스스로를 위로했다. 내 힘으로 되지 않는 일을 고민하지 않기로 했다. 해결할 수 없을 때는 가만히 두고 다른 일에 몰두

했다. 회피하거나 무시하는 것이 비겁한 태도라고 생각하지 않기로 했다. 사람들과의 관계에서 내 마음 먼저 챙기기로 마음을 먹었다.

사람과의 관계에서 좌절을 경험하고 나니 새로운 사람을 만나는 것이 부담스러웠다. 업무를 할 때를 제외하고는 새로운 사람을 만나지 않으려 애썼다. 이미 신뢰가 형성된 사람들과는 잘 지냈지만, 그 이외의 사람들과는 잘 지내려고 하지 않았다.

이후 일이건, 사람이건 다른 무언가에 관심을 두지도 않았다. 그 시절 내가 좋아하는 것, 애정을 가지는 사람은 남자친구(지금의 남편)면 충분했다. 관심과 애정이 없어지니 의욕적인 마음도 들지 않았다. 일을 하며 최선의 노력을 기울이고 적극적으로 했었을 때 성취감과 만족감을 얻은 적도 많았다. 그러나 그만큼 스트레스도 비례하며 커졌다. 반드시 해야 하는 일은 책임감 때문에 내버려 두지 못해 최소한의 노력만 했다. 적당히 했고 할 만큼만 했다. 일도 사람도 무관심해지기 시작했다. 매사에 무관심하다고 마음이 괜찮아지는 것은 아니었다. 작은 일에도 예민해졌고 점점 더 날카로워졌다. 상처받지 않기 위해 아무것도 시도조차 하지 않는 날들이 계속되었다. 상처를 회복시키는 방법을 알지 못했다. 열정과 같은 동력은 다시 생기지 않았다. 마음이 촛불이라면 다 타서 없어져 더 이상 탈 게 남아 있지 않은 것 같았다.

나의 경험에서 비롯된 실패들이 상처가 되었다. 나중에는 모든 것이 다 내 탓이 같았다. 상처를 주는 것도, 받는 것도 그만하고 싶었다.

마음속 깊숙이 방을 하나 만들어 슬픔, 외로움, 힘듦 같은 온갖 부정적인 감정들을 욱여넣었다. 정리하기에도 벅차 회피하고 외면하며 들여다보지 않았다. 켜켜이 쌓아두기만 했으니 마음 한구석이 불편했지만 그게 나를 지키는 방식이라 생각했다.

물을 마시려고 컵에 물을 따랐다. 집중하지 않고 다른 곳을 본 탓에 물이 넘쳐흘렀다. 바닥으로 뚝뚝 떨어지고 나서야 걸레를 가져와 닦는다. 물을 조금 마시려고 했을 뿐인데, 제대로 보지 못한 스스로가 어리석게 느껴졌다.

스스로를 위로하는 방법을 몰랐다. 스스로를 다독일 줄도 몰랐다. 내가 가진 부정적인 감정도 물처럼 넘치기 전에 들여다봤어야 했다. 남이 생각하는 내 모습에 연연할 것이 아니라 진짜 나의 내면을 들여다보고 돌보아야 했다. 거절당하는 것, 상처받는 것을 두려워해 아무것도 하지 않는 것은 결코 마음이 편할 리 없었다.

힘이 들 때, 지칠 때 숨 한 번 크게 쉰다. 그렇게 스스로에게 한 번 쉴 틈을 준다. 조금 쉬었다 가도 괜찮다며 스스로를 다독이고 위로한다. 감정이 혹시 흘러넘치지는 않는지, 마음 한번 돌아본다.

반복되는 번아웃 증후군

주말 아침, 11시가 돼서야 겨우 일어났다. 전날 저녁부터 정주행하기 시작한 드라마는 자동 재생으로 벌써 12화가 나오고 있었다. 햇빛에 눈이 부셨지만 일어나기가 싫었다. 숙소가 조용한 것을 보니 룸메이트는 이미 외출한 것 같았다. 약속이 없는 주말, 한껏 게으름을 피우자고 생각해 간단히 먹을 것을 챙겨 들고 와서는 기억나지 않는 부분부터 다시 드라마를 보기 시작했다. 주말 내내 한 것이라고는 15평 숙소에서 누워서 TV를 본 것이 전부였다. 아무것도 하고 싶지 않아서 아무것도 하지 않았다. 푹 쉬었는데도 피곤이 가시질 않았다.

출근길이 무거웠다. 억지로 사무실에 도착해서 일과를 시작했다. 한 해 동안 일어난 사건 사고를 정리해 목록을 작성해야 했다.

자료는 대부분 수집해 두었지만, 주말이나 휴일에 놓친 것이 없는지 꼼꼼하게 살펴봐야 했다. 또 언제 그랬냐는 듯 일상은 바쁘게 흘러갔다.

당시 남자친구였던 남편은 해군 중사로 근무 중이었다. 한번 배를 타고 작전을 나가면 몇 주 동안은 얼굴을 볼 수가 없었다. 통화도 간간이 되었으니 주말을 혼자 보내는 시간이 많았다. 주말이면 특별히 하고 싶은 일이 없었다. 쇼핑을 하러 돌아다니는 것도 귀찮았고, 책을 읽어도 눈에 들어오지 않았다. 늘 피곤했었기에 몸을 움직이는 건 더욱 싫었다. 남들은 운동을 하면 상쾌하다는데 나는 그 마음을 이해할 수 없었다. 운동은 숨쉬기만으로도 충분했다. 주말에는 종영된 드라마를 몰아보는 것이 최고의 휴식이었다. 그렇게 번아웃이 찾아왔다.

일상생활에 지장이 있는 것은 아니었다. 약속이 있거나 데이트가 있으면 또 아무렇지 않게 잘 지냈다. 유난히 혼자 있는 시간에만 뭘 해야 할지 몰라서 무기력하게 있었던 것이 시작이었다.

처음에는 취미생활을 가져보려고 근처 문화센터에 등록을 했다. 뭐라도 배우면 나아지겠지 싶어 주말 아침이면 하루 종일 문화센터에서 강사와 시간을 보냈다. 재봉틀로 소품을 만드는 것은 재미있었다. 천을 자르고 박음질을 하면 시간이 금방 갔다. 한 땀, 한 땀에 집중하면 다른 생각이 들지 않았다. 완성된 작품을 보면 성취감도 생겼다. 어느 정도 실력이 향상되고 나니 옷 만드는 것이 배우고 싶어졌다. 하지만 쉽게 배울 수가 없었다. 강사는 이 핑계, 저 핑계를 대며 가르쳐 주기를 미뤘다. 배움이 충족되지 않으니 흥미도 오래가지 않았다. 문화센터를 그만두고 나서 나는 다시 무기력해졌다.

사람들을 만나서 시간을 보내고 나면 분명 즐거웠다. 그러나 만남을 끝내고 혼자가 되면 몇 곱절 더 피곤함을 느꼈다. 의미 없는 대화에 시간과 에너지를 쏟는 것이 싫었다. 사람들을 만나는 것이 내 에너지를 낭비하는 것 같았다. 온전히 혼자 조용히 쉬고 싶은 날이 많아졌다.

남자친구와의 데이트도 마찬가지였다. 손꼽아 기다리다가도 정작 오랜만에 만나면 피곤함을 느꼈다. 드라이브라도 하는 날이면 차를 타는 것조차 힘들었다. 자꾸 몸이 아팠다. 편두통이 심했고, 소화가 되지 않는 날이 많아져서 먹고 토하기를 반복했다. 그 와중에도 살은 계속 쪘다.

환경을 바꿀 자극이 필요했다. 20대 중반이면 한창 예쁜 청춘이라고 했지만, 청춘은 나만 비껴간 단어 같았다. 힘이 생기질 않았다. 갈수록 점점 더 무기력해지는 것 같았다.

물론 매일매일 무기력했던 것은 아니었다. 행복한 날도, 좋은 추억도 분명 있었다. 할 일이 있으면 또 금방 몰두하였다. 맡은 업무는 책임감 있게 해냈다. 그러나 일이 제대로 되지 않으면 무력감은 매번 나를 덮쳤다. 몸과 마음은 아무것도 하고 싶지 않다고 했지만, 좌절하고만 있을 수 없었다. 주저앉을 것 같으면 억지로 일어나려고 애쓰길 반복했다. 결혼을 해서도, 출산을 하고 아이를 키우면서도 마찬가지였다.

갈수록 그 피로감의 강도는 더 커졌다. 점점 더 아무것도 하지 않은 채 시간을 보냈다. 내 삶은 마치 전원 버튼이 고장 나 버린 기계 같았다. 아무리 누르려고 애를 써도 누를 수 없는 것 같았다. 전원 버튼 누르는 법을 잊어버렸든가. 아예 전원 버튼이 없든가. 나의 의지만으로 움직여지지 않았다.

어느 날 인터넷 기사에서 '번아웃 증후군'이라는 단어를 처음 접하고 이상하게 위로를 받았다. 그동안 나의 무기력은 내 의지가 나약하고 부족해서라고만 생각했었다. 그런데 많은 사람들이 나와 비슷한 증상을 겪고 있다는 기사는 나만 그런 것이 아니라는 동질감을 느끼게 했다. 다 태워서 남은 것이 없다고, 그동안 나는 열심히 살아서 지친 것이라고, 내가 아무것도 하지 않는 것에 대한 합리화를 했다.

편두통이 심해 매일 타이레놀을 먹었다. 아무것도 안하고 있었지만, 더욱더 아무것도 안 하고 싶었다. 잠을 많이 잤지만 늘 푹 자고

　　　　" ＇ 나는 번아웃이었다

싶었다. 그렇게 몇 년 동안 번아웃 증후군이 습관처럼 반복되었다.

생각해 보면 나는 오래달리기를 싫어했다. 군대 시절 화생방이나 유격 같은 전투 훈련도 힘들었지만, 나를 가장 힘들게 했던 것은 단연 구보였다. 오래달리기를 하다가 목표지점까지 완주하는 것이 힘들 때면 중단하기 일쑤였다. 목표를 없애면 달려야 할 이유가 없어지니까, 완주하지 않아도 괜찮다고 합리화했다. 삶을 대하는 태도 역시 마찬가지였다. 빠르고 가시적인 성과가 나오는 것에만 만족했고, 오랫동안 꾸준히 하는 것은 힘들어하고 어려워했다.

걸작이라 불리는 미술 작품들도 많은 시간과 작가의 고뇌 속에 탄생한다고 한다. 그보다 더 복잡한 사람의 인생이 어떻게 뚝딱하고 완성될 수 있겠는가. 인생이 백 세까지라면 나는 아직 절반도 살지 못했다. 인생이 내 마음대로 되지 않는다며 무력감을 느끼는 것은 어리석은 일인지도 모른다.

흔히 인생을 마라톤에 비유한다. 기록과 순위가 존재하지만, 사람들은 완주에 더 큰 박수를 보낸다. 삶도 마찬가지이지 않을까?
과거에는 나의 적정 속도를 몰라 빠르게만 달리려고 했다. 전력으로 질주하듯 달리다 절반도 가지 못해 포기하려 했었다. 무력감에 쉬어도 보고 천천히 걸어도 봤다. 아직 내 인생의 적정 속도가 정확히 얼마인지 알지 못하지만, 남과 비교하며 뛰지 않기로 한다. 좋은 기록, 좋은 성과에 연연하지 않는다. 끝까지 포기하지 않는 것을 목표로 한다. 살아온 인생보다 더 많은 날을 살아갈 인생 완주를 위해서.

나도 내가 원하는 걸 잘 모르겠어

친정 부모님과의 분가를 고민하고 있을 때였다. 몸이 아파서 하던 일을 정리하고 쉬려던 누나에게 도움을 요청한 것은 남편이었다. 많은 맞벌이 부부들이 등·하교 도우미, 돌봄 교실 등을 이용하지만, 막상 남의 손에 아이들을 맡기려고 하니 마음이 편치만은 않았다. 감사하게도 시누이는 아이들을 돌봐주겠다고 하였고, 그렇게 같이 산 지 벌써 2년이 넘었다. 시누이는 아이들을 좋아한다. 아이들의 마음을 살펴주는 일도 나보다 훨씬 능숙하다. 아이들도 그런 고모를 잘 따랐다.

같이 살기 시작하면서부터 코로나로 인한 국내 상황이 심각해졌다. 아이들의 등교와 어린이집 등원도 중단되었다. 두 달간은 동네 마트도 다니지 않고 꼼짝없이 집에서만 보냈다. 인터넷으로 장을 본 후 배달시켰고, 혹시 모를 상황에 대비해 생필품도 미리 사 놓았다. 이럴 때 집에서 아이를 돌봐 줄 수 있는 믿음직한 사람이 있다는 것만으로도 마음이 놓였다.

시누이는 어른들 말로 참 '참하다.' 깔끔한 편이라 집 안은 늘 깨끗하고 잘 정돈돼 있었다. 고생하는 남동생을 위해 새벽 5시에 일어나서 점심 도시락을 싸줄 정도로 생활력도 강하다. 상대적으로 집안일을 소홀히 하는 내게는 우렁이 각시 같은 존재다. 나는 그런 시누이를 통해서 부족한 점도 배운다.

나를 낳아준 친정 부모님과도 살면서 숱한 갈등을 일으키는데, 시누이랑 살면서 한 번도 마음 상한 일이 없었다면 거짓말일 것이다.

시누이는 나와는 반대의 성격을 가지고 있다. 나는 서운한 일, 속상한 일, 화가 난 일이 있으면 시누이에게 털어놓는 편이다. 그러면 시누이는 때로는 친구처럼, 엄마처럼 잘 들어준다. 그것만으로도 나는 마음의 위안을 받을 때가 많았다. 그러나 시누이는 자신의 이야기를 잘 하지 않았다. 내심 서운할 때도 있었지만, 내가 털어놓으라고 강요할 수는 없는 일이었다.

같이 산지 4개월이 지나면서부터 시누이는 아프기 시작했다. 머리가 아프다고 누워있는 날도 있었고, 소화가 잘되지 않는다며 저녁 식사 후 혼자 산책을 나가기도 했었다. 몸이 아픈 것보다 마음이 아픈 것임을 나는 직감적으로 알 수 있었다. 내가 휴직 후 육아에만 전념했을 때 느꼈던 우울감이나 불안감을 느끼고 있는 것 같았다. 허전함, 외로움, 공허함, 미래에 대한 두려움 등을 느끼는 것이 당연한 일인지도 몰랐다. 40대 초반에 몸이 아파서 하던 일을 그만두고 동생 내외와 함께 살게 된 것, 사랑스러운 조카들을 위해 도움을 주고는 있지만, 정작 자신의 미래는 그려지지 않는 것. 모두가 걱정이었을 것이다.

6월의 어느 날이었을 것이다. 퇴근하고 집으로 돌아오니 아이들은 TV에 열중해 있었다. 시누이 방문을 '똑똑' 하고 두드리니 컴컴한 방에 불도 켜지 않은 채 혼자 덩그러니 앉아 있는 것이었다. "혼자 앉아서 뭐해요?"라고 물으니 "그냥⋯." 하고 힘없이 대답했다.

자신의 이야기를 잘 하지 않는 사람에게 "대체 고민이 뭐야? 이야기를 해야 알지. 이야기 한번 해봐."라고 해봤자 더 스트레스만 줄 뿐이라는 것을 알고 있었다. 그래서 나는 내 이야기를 했다. 내가 살아왔던 삶에 대해서, 내가 삶을 대하는 태도에 대해서, 내가 고민하고 있는 문제에 대한 것을 제법 담담하게 이야기했다. 남들이 보기에 그럴듯해 보이는 삶이라도 대부분의 사람들이 걱정이나 고민을 할 것이라고 어쭙잖은 위로와 조언을 건넸다. 그리고 무엇이든 해보라고 했다. 원하는 것이 있다면 지지하고 응원하겠다고 말하고 나니 시누이가 힘겹게 이야기를 꺼냈다.

"나도 내가 원하는 것을 잘 모르겠는데, 그냥 마음이 힘겨워."

우리 둘은 그날 펑펑 울었다.

그동안은 서로의 그럴듯한 모습만을 보았다. 내가 보는 시누이는 다정하고 성실한 부모님에게서 자란 귀한 딸이었다. 전문자격을 갖추고 있어서 언제든 마음만 먹으면 일할 수 있는 것처럼 보였다. 육아나 남편에 얽매이지 않고 혼자 자유롭다는 것이 늘 부러웠다. 반면 시누이는 성실한 남편, 토끼 같은 자식들, 번듯한 직장을 가진 나의 모습과 자신의 삶을 비교했다. 우리는 서로의 좋은 모습만 보고 정작 속마음은 제대로 알지도 못한 채 부러워만 했다. 둘 다 마음 한구석이 채워지지 않은 채 살고 있었다.

이후 우리는 뭐라도 해보려고 노력했다. 시도는 일상을 좀 다르게 만들어 줄 것이라 기대했다. 우리는 동네 배드민턴장에서 몇 달간 기본기를 배우다가 그만뒀다. 예상과 달리 일상은 크게 달라지지 않았다. 돈과 시간을 쓰는 것이 아깝다는 생각이 들고 나서야 알게 되었다. 진짜 원했던 것은 무엇이든 즐길 수 있는 시간과 마음을 가지는 것임을 해보고 나서야 깨달았다.

다음 날, 시누이는 비싼 비용 때문에 망설이던 필라테스를 수강했다. 아이들이 등교하고 나면 오전에 한 시간 정도 운동을 했다. 시간을 쪼개어 요양보호사 자격증 취득을 위해 학원을 다니기도 했다. 같이 수업을 들은 수강생들과 친해지고, 여가 시간을 보내기도 하면서 점차 활기를 되찾아 갔다. 그리고 나는 조금 더 시간이 흐른 뒤 책을 읽고 글을 쓰기 시작했다.

아직도 원하는 것을 정확히 모를 때가 많다. 그래도 분명 달라졌다. 과거엔 아예 시도조차 하지 않고 생각만 했다면, 지금은 일단 하고 본다. 배드민턴을 했던 경험을 통해 시작을 망설이지 않는다. 또 생각은 많은데 당장 실행하기 힘들 때는 낙서를 한다. 싫어하는 것을 나열하기도 하고, 좋아하는 것을 적기도 한다. 모르는 것이 있으면 관련된 것들을 마구 끄적인다. 반대로 아는 것을 쓰기도 한다. 머릿속에서만 생각하지 않는다. 펜을 들고 연습장에 쓰거나 스마트폰에 간단하게 메모를 한다. 머릿속에서만 생각을 맴돌다 사라지게 하지 않고 구체적으로 접근하려고 한다. 시도하는 것, 메모하는 것을 통해 내가 원하는 것이 무엇인지 알려는 작은 노력을 한다.

아무것도 하지 않았던 것이 무기력이라는 습관을 만들었다. 이제는 마음을 알아가는 연습을 통해 행복습관을 한번 길러보려고 한다.

8
얼마나 더 단단해져야

10대, 사춘기 시절엔 나만의 세계에 빠져 있었다. 신체적으로, 정신적으로 급격히 성장하면서 '나는 어떻게 살아야 하는가?'를 고민하며 자아를 찾는 것은 또래 대부분이 겪는 당연한 과정이었다. 20대 때 는 위기는 기회라고 생각했다. 젊어 고생은 사서도 한다고 했으니까 실패, 좌절, 포기 같은 것은 청춘의 특권이라고 생각했다. 실패를 통해 성장하면 누구나 멋진 어른이 되는 줄 알았다. 30세는 이립(而立)이라고 했다. 이립은 마음이 확고하게 도덕 위에 서서 움직이지 않는 것을 말한다. 나는 30대가 되면 마음이 확고해지거나 나를 둘러싼 환경이 안정될 줄 알았다. 내가 생각하는 이상적인 30대는 경제적으로든, 심적으로든 안정적인 어른이었고, 흔들림 없이 단단한 진정한 어른이라고 생각했다.

기성 작가들은 흔들리지 않고 피는 꽃이 어디 있고, 천 번을 흔들려야 어른이 된다고 했다. 30대 후반이 된 지금, 아직도 원하는 것을 정확히 알지 못하는 날이 많다. 어느 날은 이유도 없이 마음이 복잡하게 흔들릴 때가 있다. '아직도 나는 어른이 되려면 멀었구나' 하는 생각이 든다.

시댁 형님이 1년 전에 아파트를 구입했다. 살던 전셋집이 경매에 넘어가 2년 넘게 마음고생을 하다가 배당금을 받자마자 산 집이었다. 매번 이사도 힘들고, 다시는 집 없는 설움을 겪지 않겠다며 가진 돈 전부를 털어 대출 없이 산 아파트였다. 오래된 아파트여서 외관은 좋지 않았지만, 내부를 싹 리모델링해서 집은 신혼집처럼 깔끔했다. 가구도, 가전도 모두 새것으로 싹 바꿔서 이사를 하고 나니 보기가 좋았다.

축하하는 마음이 컸지만, 한편으로 부럽기도 했다. 형님은 3년 전 아주버님의 차를 바꿀 때도 할부 없이 전액 현금으로 구매했었다. 아파트까지 대출 없이 샀다고 하니 존경의 마음과 시기의 마음이 동시에 들었다. 형님이 결혼하고 10년이 넘도록 얼마나 힘들게 살았는지 그 과정을 알고 있었다. 안 쓰고, 안 먹고 악착같이 살아온 것을 알기에 응원하는 마음도 분명 있었다. 하지만 그동안 매번 "힘들다.", "돈 없다."고 말하던 것과 달라 그동안 속은 것 같은 기분이 들기도 했다.

친정 부모님 집에서 분가하면서 시누이와 살림을 합쳤다. 목돈이 없었기에 시누이의 도움을 받아서 어렵사리 구한 전셋집이었다. 집을 덜컥 구하기엔 아이들의 학교 문제, 돈 문제, 직장 문제, 신랑의 전근 문제 등 여러 가지가 걸렸다. 전세를 먼저 살아보고 집을 구하기로 결론을 내렸지만, 아쉬운 마음도 많았다. 살기에만 급급해서 남이 쓰던 것, 주워온 것 가리지 않고 들인 엉망진창인 살림살이를 볼 때마다 답답할 때가 많았다. 바꿀까 망설이다가도 '내 집 마련하면 그때 좋은 것으로 바꿔야지!' 하며 미뤘지만 볼 때마다 한숨이 나왔다.

몇 달 뒤 부동산에서 전화가 왔다. 집주인이 전셋집을 부동산에 내놨다는 것이었다. 당장 이사를 가야 될지도 몰랐다. 전세 만기까지 4개월이 남은 상황이었다. 근처 아파트를 알아보니 전세는 없었고, 매매가도 2천만 원 정도 더 올라가 있었다. 당장 집을 구하기엔 여유자금이 없었다. 제1금융권에서 담보 대출이 막힌다는 기사를 본 것 같아 급하게 은행에 문의하니 대출이 불가능하다는 답변이 돌아왔다. 낭패였다. 현금으로 내 집 마련의 꿈을 이룬 형님과 당장 전셋집을 빼야 할지도 모르는 상황이 비교되면서 스스로가 초라해졌다.

20살 이후 단 한 번도 부모님께 경제적으로 도움을 받은 적 없이 살았다. 내가 노력한 만큼 돈을 벌고 모았다. 돈이 넉넉하지 않아 아쉬운 적은 있었지만, 부족하다고 느껴본 적도 없었다. 없으면 없

나는 별아웃이었다

는 대로 살면 된다고 생각했는데, 그동안 내가 했던 모든 노력들이 가치 없게 느껴졌다. 매달 월급에서 조금씩 갚고 나가고 있는 대출금도 원망스러웠다. 내 집 하나 살 형편이 되지 않는데 도대체 나는 무엇을 위하며 살았나, 하는 생각이 꼬리에 꼬리를 물고 늘어졌다. 남편과 결혼할 때는 보증금 300만 원 관사부터 시작했어도 행복했다. 부모의 도움으로 몇 억짜리 아파트에서 신혼을 시작하는 친구들과 빚 없이 아파트를 매매한 형님의 모습을 보니 갑자기 내가 바란 행복이 허무해졌다.

우리는 사정을 해서 전세금을 조금 더 올리는 조건으로 새 집주인과 계약기간을 연장했다. 여유 자금도 별로 없었기에 이번에도 시누이의 도움을 받아야 했다.

집주인은 96년생의 젊은 사람이었다. 나와 10년 차였다. 나의 10년 전과 비교하자니 스스로가 한없이 작아졌다.

요즘 젊은 사람들은 자산을 관리하는 것, 투자하는 것에 관심이 많았다. 영끌(돈을 영혼까지 끌어모아)해서 아파트를 사고 시세차익을 통해 수익을 올린다고 했다. 경제 공부를 하고 주식과 다른 금융상품에 적극적으로 투자를 한다고 했다. 주말에는 임장(부동산 현장)을 다니며 경매에도 관심을 가진다고 했다. 유튜브나 SNS상에서 수익의 파이프라인을 만들라는 강의를 듣는 사람들이 많다는 것을 기사를 통해서 알게 되었다.

30-40대 파이어족(은퇴자금을 마련하여 조기 퇴사하는 사람들) 이야기는 나와는 상관없는 먼 나라 이야기였다. 나는 열심히 성실하게 일해서 월급 받고 저축해서 그 가치만큼 부를 이루면 된다고 생각했다. 은행에서 예·적금을 넣는 길이 가장 정직한 방법이라고만 생각했다.

부동산 시세차익이나 은행 대출이자, 목돈이 묶이는 상황, 의도대로 잘 풀리지 않는 경기는 불안정한 요소라고만 생각했다. 투자에 대한 복잡한 문제는 아버지를 통해 간접적으로 경험한 적이 있었다. 투자는 늘 어렵고 지긋지긋했다. 생각하고 싶지도 않았다. 하지만 그와 별개로 상대적 박탈감이 느껴지는 것은 어쩔 수 없었다.

집 문제로 한참 기운이 빠져 있는데 형님에게서 전화가 왔다. 집 뒤로 신도시가 생기면서 전체적으로 집값이 많이 올랐다는 소식이었다. 더군다나 형님이 아파트를 구입하고 난 뒤 전철역이 확정되면서 3개월 만에 집값이 평균 3천만 원씩 더 올랐다는 것이었다. 축하할 일이었지만, 나와 비교되니 자괴감이 들었다. 그리고 내 스스로가 미워졌다. 나를 미워하게 만드는 상황도 싫었다. 이제는 무뎌질 법도 한데 한 번씩 우울한 감정이 밀려들 때면 힘겨웠다.

정확하게 왜 우울한지 알지 못할 때가 많았다. 그런 모호한 것에 생각을 뺏기고 싶지 않았다. 흔들리거나 불안해하고 싶지 않았다. 단단해지고 싶었다.

나는 번아웃이었다

그날 저녁 신랑은 퇴근길에 맥주를 사 왔다. 아이들이 잠든 뒤 시누이와 나, 남편은 트로트 방송을 보며 맥주를 마셨다. 서로 아무 말도 하지 않았다. 그저 일상에서 감정을 흘려보내며 위로할 뿐이었다.

제2장

눈뜨니까 산다

공무원 준비 시절

공무원이 되려고 마음을 먹었던 것은 돈이 필요해서였다. 9급 공무원은 성별, 연령에 제한이 없었다. 고등학교 졸업만 하면 시험에 응시가 가능했다. 다른 전문 기술이나 대학 전공에 상관없이 빠르게 성취가 가능한 일이라고 판단했다. 독립을 하고 싶었다. 아르바이트 같은 단기적인 일이 아니라 안정적인 일자리가 필요했다. 수중에 가진 돈은 친척들에게 받은 현금 100만 원이 전부였다. 그 돈으로 대학교 입학 대신 공무원 학원에 등록했다.

공무원을 목표로 준비를 하는 사람들은 많았다. 학교와는 사뭇 다른 분위기였다. 다들 지쳐있는 표정이었기에 말 한마디 붙일 수 없었다. 대학수학능력시험을 준비했던 때와 확연히 달랐다. 기본

서만 5권, 과목당 천 페이지가 넘는 분량의 책만 봐도 질식할 것 같았다.

여태까지 내가 공부했던 방식과는 전혀 달라 애를 먹긴 했지만 국어, 영어, 국사는 그래도 수월한 편이었다. 큰 노력 없이도 점수가 제법 잘 나왔다. 문제는 행정법이었다. 분명 한국말로 쓰여 있는데, 무슨 말인지 전혀 이해가 되지 않았다. 질문을 하고 싶어도 무엇을 질문해야 하는지조차 몰랐다. 행정법 강의 시간이 되면 책을 보고 있지만 멍하게 있는 시간이 많아졌다. 학원에서 친 자체 모의고사 점수는 충격적이었다. 20점. 태어나서 처음 받아보는 점수였다. 선택지 중 한 개의 번호로만 찍어도 나올 만한 점수였다. 수능 때 사회탐구영역에 법과 사회를 선택해서 만점도 받았다. 법이 어려워도 할 수 있을 것이라 생각했는데, 용어는 생소했고 알아야 하는 판례들의 길이도 길었다. 행정법 과목은 총체적 난국이었다.

보통 공무원 학원 강의 기본 커리큘럼은 1회독을 2개월로 잡는다. 나는 한 번 수업을 들으면 이해할 수 있을 것이라 착각했다. 이해하는 것과 문제를 푸는 것은 또 다른 영역이었다. 두 달이 넘는 동안 학원 수업은 착실히 들었지만, 점수는 별반 나아지지 않았다. 빠른 결과만 바라며 부산 철도공사 인·적성 시험, 교육행정직 공무원 시험 등 다른 것에도 기웃거렸다. 제대로 집중하지 않았다.

고등학교 졸업 이후 더 이상 부모님으로부터 용돈을 받지 않았다. 집은 잠자고 밥 먹는 곳일 뿐이었다. 버스비며, 학원비며 스스로 해결하다 보니, 수중에 가진 돈이 얼마 없었다. 아이스크림 가게에서 오전 아르바이트를 해 겨우 다음 달 학원비를 마련했다. 내 돈으로 수강료를 내고 나니 정신이 번쩍 들었다. 시간과 돈을 허투루 낭비할 수 없었다.

쉬는 시간에 다짜고짜 행정법 강사를 찾아갔다. 당신의 강의를 처음부터 끝까지 한 번 들었으나 도저히 무슨 말인지 알 수가 없다. 공부하는 방법에 대해서 좀 알려달라고 사정했다. 나름 공부 머리가 있다고 생각했는데, 강의를 들어도 제대로 알지 못하는 나 자신이 조금 한심스러웠다. 강사에게 비법을 물으면서도 분한 마음이 들었다. 자존심이 상해 눈물이 나려는 것을 꾹 참고 물었다. 절박했다.

강사는 비법이랍시고 교재를 소설책 읽듯이 3번 정도 읽으라고 했다. 어처구니가 없었다. 고등학교 때 《수학의 정석》을 3번 풀면 서울대에 갈 수 있다는 수학 선생님의 말과 다를 바 없었다. 강의는 강의 진도대로 따라오고, 책은 책대로 읽으라고 했다. 황당했지만 강사가 알려주는 방법 말고는 다른 방법이 없었다. 나는 980페이지가 되는 책을 소설책 읽듯이 2번을 읽었다. 그러고 나니 용어가 조금씩 익숙해졌다. 강사의 행정법 강의를 듣는 것만으로는 부족했다. 그래서 인터넷에 소위 말하는 일타강사의 행정법 유명강의를 단과로 찾아 들었다. 하지만 시험을 치를 때마다 점수는 60점대였다. 행정법 과목은 평균점수를 깎아 먹는 과목이었다. 4개월 동안 강의를 들으며 나름 준비를 했다. 그해, 국가직과 지방직 시험을 쳤지만, 합격 점수에 미치지 못했다. 낭패였다. 합격생들이 쓴 합격 후기엔 2년 동안 악착같이 준비해서 겨우 합격할 수 있었다는 말이 위로가 되긴 했지만, 그렇게 많은 시간을 기다릴 순 없었다.

시험을 치르고 패배감과 좌절감에 휩싸여 있는데, 아버지와 갈등이 생겼다. 아버지는 그동안 '알아서 하겠지' 하고 내가 뭘 하든 내버려 두었는데, 시험 결과를 알고는 화를 내셨다. 나는 화를 내시는 아버지를 이해할 수가 없었다. 한 번도 학원 수강료를 받아본 적이 없었다. 살갑고 다정하게 공부를 격려해 주지도 않으셨다. 내가 대학 진학 대신 공무원 시험을 보겠다고 한 것은 처음부터 끝까지 나 스스로 내린 결정이었다. 생물학적 아버지라는 이유로 아버지 노릇을 하시려는 것 같아 화가 났다. 아버지는 내게 뭐라 할 자격이 없다고 생각했다. 그게 갈등의 시작이었다.

하나밖에 없는 딸이 대학도 가지 않고 공무원 시험을 보는 것이 마땅치 않으셨을지도 모른다. 빠른 성과를 나만큼 기대하셨는지도 몰랐다. 하지만 나를 어린아이 혼내듯 다그치는 아버지의 태도는 이해가 되지 않았다. 나는 성인이었다. 내 선택에 책임지려고 최선을 다하는 어른이 되려 했다. 아버지와의 갈등은 또 반복되었다. 6월 지방직 시험을 끝으로 1년을 다시 시험 준비를 해야 했다. 머리로는 쉽게 합격할 리 없다는 것을 이해하려 애썼지만 막막함이 더 컸다.

학원 자습실에는 나와 같이 내년 시험을 준비하는 수험생들로 북적였다. 불합격의 좌절감에 취해 객기를 부리는 것은 시간 낭비였다. 하루라도 빨리 합격을 해야 한다는 사명감으로 다들 언제 그랬냐는 듯 공부에 열을 올리고 있었다.

한참 책을 보다가 답답한 마음에 학원 옥상으로 올라갔다. 12층 옥상에서 충동적으로 아래를 내려다보았다. 떨어져도 죽지 않고 다치기만 하겠구나 싶었다. 아니면 떨어짐과 동시에 지나가는 차와 부딪힌다면 죽을 수도 있지 않을까 하고 생각했다. 뛰어내리진 않았다. 죽을 만큼 힘들었던 것 같은데, 막상 죽고 싶진 않았던 것 같다. 한참동안 아래를 바라보다 내려오니 지친 마음이 한결 좋아졌다. 그 후 마음이 답답할 때면 수시로 옥상을 찾곤 했다.

6월의 더웠던 어느 주말, 아버지와 어머니의 사소한 다툼이 있었다. 부모님의 싸우는 소리가 너무 힘겨웠다. 그대로 감정이 폭발했다. 얼마나 울었는지 탈진해서 응급실까지 다녀왔다. 조금 회복하니 아버지는 또 잔소리를 늘어놓으셨다. 분명 좋은 말이었지만, 듣고 싶지 않았다. 아버지와 한 공간에 있는 것만으로도 숨이 막혔다. 어머니의 만류에도 불구하고 그 길로 가출하듯 경기도 외할머니 댁으로 갔다.

수능이 인생의 골인 지점인 줄 알았다. 인생을 대하는 태도나 어떻게 살아야 하는지에 대해서 진지하게 고민해 본 적도 없었다.

아이와 《열두 살 장래희망》이라는 책을 읽은 적이 있다. 흔히 장래희망은 직업을 생각하는데, 이 책은 장래희망을 좀 다르게 말한다. 무엇이든 잘 고치는 사람, 잘못하면 먼저 사과하는 사람, 약속을 잘 지키는 사람, 여행을 자주 다니는 사람, 예술을 가까이하는 사람, 고마워할 줄 아는 사람, 잘 웃는 사람….

지금 여기에서 나의 장래를 짚어본다. 나는 어떤 삶으로의 희망을 꿈꿀 것인가. 사람을 생각하는 사람, 글 쓰는 사람, 희망과 용기를 전하는 사람, 넘어지고 깨져도 다시 일어서는 사람. 의사, 변호사, 과학자 따위의 희망 직업을 적을 때에는 아무렇지도 않았던 심장이 쿵쾅거리기 시작한다. 이제야 '희망'이라는 말의 뜻을 조금 이해한다.

나는 별이웃이었다

쉽지 않은 군 생활

공군 부사관으로 입대를 한 것은 나를 살뜰히 챙겨주시던 작은 아버지의 권유에서였다. 공무원 시험을 1년이나 더 준비할 여유가 없었던 내게 현실적인 대안이었다. 군 입대는 살 집 걱정, 돈 걱정이 없는 최적의 선택지였다. 군부대는 입·출입의 제한이 있으니 합리적으로 부모님과 멀어질 수 있는 것도 선택에 큰 이유였다. 또래의 남자들도 다 다녀오는데 못할 것이 없다고 생각했다. 그렇게 군대 생활을 시작했다.

나는 이병에서부터 중령까지 한 번에 120명 정도 근무하는 작전실에서 일했다. 매 순간이 실제 공중 상황이었기에 작은 실수도 용납되지 않았다. 밤낮없는 교대 근무에서 여성은 5명 남짓이었고, 작은 행동도 구설수에 올랐다. 늘 관심의 대상이었다. 설상가상으로 내가 근무하기 바로 직전 한 여군 하사의 무단이탈 사건으로 여군에 대한 부정적인 인식이 만연해 있었다. 늘 비교당했고, 감시당한다고 느꼈다.

어떤 이들은 대놓고 말도 섞지 않으려고 무시했다. 어떤 이들은 동료들과 잘 어울려야 한다며 회식자리, 팀워크를 강조하고 강요했다. 사투리를 사용한다고 질타를 받았고 발걸음 같은 사소한 것도 지적받았다. 6개월이 넘는 시간 동안 남들이 나를 쳐다보는 것과 상관없이 나는 타인을 의식하며 생활했다. 쉬는 시간이면 화장실 변기 뚜껑에 쪼그리고 앉았다 나오곤 했다. 화장실은 혼자 조용히 평화로울 수 있는 나만의 안식처였다. 내가 맡은 자리에 교대하여 앉는 순간 분위기는 싸늘해졌다. 나만 외딴섬에 사는 것 같았고, 나만 외계인이 된 기분이 들었다.

영내 의무 생활 기간이 2년에서 6개월로 단축되면서 숙소도 거의 혼자 쓰다시피했다. 물론 몇몇 선배들과 같이 숙소를 사용하긴 했지만, 불규칙적인 교대 근무로 마주치는 일이 거의 없었다. 마음을 털어놓을 사람도 없었다. 사람들의 시선이 무서워 식당도 가지 않았다. 식사를 제대로 하지 못해 매점에서 잔뜩 간식을 사놓고 끼니를 때우기 일쑤였다. 규정은 이해되지 않았고, 작동법도 서툴기만 했다. 확신이 없었으니 주눅이 들어 일상적인 말 한마디도 힘겨웠다. 업무를 제대로 파악하고 있는지 확인하는 구술평가는 늘 최

나는 별아웃이었다

하점이었다. 매번 못한다고 혼이 났다. 앞에서 울면 여자라서 운다는 말을 들을까 봐 근무가 끝나면 숙소에서 혼자 펑펑 우는 날이 반복되었다.

축 처진 모습을 본 한 선배가 내가 애처로웠는지 무심하게 말을 건넸다.

"모든 사람이 널 좋아할 순 없어. 물론 우리는 사람인지라 나를 욕하는 소리에 귀가 더 커지겠지만, 일일이 신경 쓸 필요 없어. 너를 좋아하는 사람 1명이라도 있다면 그걸로 된 거야."

그 말은 인간관계에서 무너질 때마다 나를 잡아주는 말이 되었다. 가장 큰 위로의 말이었다. 그때부터 애써 더 밝게 행동했다. 모르는 것이 있으면 규정을 파고들었다. 중요한 임무가 주어지면 업무시간이 아닌데도 미리 가서 견학했다. 알 때까지 선배들에게 집요하게 물어봤다. 그렇게 지내다 보니 잘하진 못해도 열심히 한다는 인식이 동료들 사이에서 생겨났다. 노력하는 모습을 제법 긍정적으로 봐주었다. 근성으로 인정받는데 4년의 시간이 걸렸다.

처음엔 장기 복무를 하지 않으려고 했다. 잘하려고 애를 쓰다 보니 자꾸만 힘에 부치는 날이 많았지만, 시간이 지나니 군 생활도 그럭저럭 버틸 만했다. 장기 복무 대신 무엇을 해야 할까 고민해 보았지만, 하고 싶은 것이 딱히 있지 않았다. 좋아하는 것도 없었다. 전역을 하면 처음부터 뭔가를 다시 시작해야 하는 것이 겁이 났다. 열정을 쏟을 만큼 에너지가 남아 있지도 않았다. 하루하루 버티며 차라리 선발에서 떨어지면 그때 가서 생각해 보기로 했다. 미리부터 머리를 싸매며 걱정하고 싶지 않았다.

추천을 받아 작전지원 부서에서 근무를 하게 되었다. 교대 근무를 하지 않고 주간에만 근무하는 일이었다. 운이 좋았다. 주 업무는 작전 자료를 분석하고 보관하는 업무였다. 실제 상황이 발생하면 내용을 분석하고 브리핑 자료 작성을 지원했다. 야근도 많았고, 주말에도 불려가고, 타부서 지원 업무도 많았다. 일은 많았지만 군 생활 중 그때가 가장 재미있었다. 같이 일했던 동료들과 호흡이 잘 맞았고, 일에서도 보람을 느낄 때가 많았다. 업무 전반을 지원하다 보니 일에 대한 시야가 넓어졌다. 업무 이해도는 높아질 수밖에 없었다. 업무에서 자신감이 생기니 다른 일도 술술 풀렸다. 장기 복무에 최종 선발이 되었고, 그해 진급도 했다. 후배들은 자리가 사람을 만들었다고 공공연 하게 말했다. 내가 맡고 있는 보직을 통해 자신을 알리는 기회로 삼고 싶어하는 사람들이 생겨났다. 다른 후배들에게 기회를 주라고 주변의 눈치와 무언의 압박을 받았다. 내가 원한다고 계속 근무할 수는 없었다.

작전실은 늘 교대 인력이 부족했고, 나는 경험을 더 쌓아야 했다. 하지만 실시간으로 돌아가는 긴박한 공중 상황을 보면서 맡을 역할

나는 변아웃이었다

에 부담이 생겼다. 분명 달라졌는데, 과거 열심히 애쓰던 내 모습이 자꾸만 겹쳐져 자신감이 생기지 않았다. 해보기도 전에 주눅이 들어 겁이 났다.

그쯤, 오랜 연애 끝에 남편과 결혼을 했고 큰아이를 임신했다. 나는 자연스럽게 출산휴가와 동시에 육아를 핑계로 휴직에 들어갔다. 그렇게 작전실로부터 또 도망을 쳤다.

요즘 TV를 틀면 군대 관련 예능 프로그램 자주 나온다. 특전사나 특수임무 부대에서 근무한 출연자들처럼 육체적으로 힘든 적은 없었다. 고된 훈련이나 동료들의 가혹행위로 고통을 경험해 본 적도 없었다. 힘들다고 생각했던 군 생활도 시간이 지나면서 일과 사람에게도 익숙해져 차츰 나아졌다.

나를 가장 힘들게 했던 것은 아이러니하게도 바로 나 자신이었다. 내가 잘살고 있다고 주변의 인정을 통해 증명하고 싶었다. 잘하고 싶었지만, 마음처럼 되지 않는 나 자신에게 실망할 때마다 자존감이 바닥을 쳤다. 사람들이 싫었지만, 그렇다고 혼자인 것도 싫었다. 외로웠다. 버티는 것이 살아남는 것이라 생각하며 스스로에게 상처를 냈다. 힘든 마음을 스스로 다독이지 못하고 회피하고 외면했다. 그게 독하게 세상을 사는 법이라 착각했다.

요즘 젊은 사람들은 근성이 없고 나약하다고 몰아붙이는 사람들이 많다. '나 때는 말이야~'를 시전하면서 젊었을 때는 못할 것이 없다며 독하게 마음먹고 노력하라고 충고를 가장한 잔소리를 한다.

인생에 정답은 없다. 인생의 정답은 스스로 만드는 것이다. 남들 보기에 아무리 좋은 자리라도 내가 행복하지 않으면 그 의미를 찾을 수 없다.

스스로에게 너무 엄격해지지 않기로 한다. 내가 나를 위하기로 한다. 힘들면 스스로를 위로한다. 조금 쉬어가도 괜찮다고 다독이고 격려한다. 숨어 울지 않기로 한다. 슬프고, 힘들고, 외로운 그 모든 것들이 나약하다고 비약하거나 비난하지 않는다. 있는 그대로 받아들이고 툭툭 털고 일어난다. 한결 가벼워진다.

완벽한 엄마가 될 줄 알았어

나는 좋은 엄마가 되고 싶었다. 아이의 작은 신호도 놓치지 않고 아이와 상호작용을 하며 아이를 나보다 더 사랑해 주는 모성 가득한 엄마가 되고 싶었다.

친한 친구들 중 내가 가장 빨리 결혼했고, 가장 빨리 엄마가 되었다. 출산과 육아에 대한 조언을 구할 수 있는 곳이 마땅치 않았다. 직장 동료라고는 미혼이 많았고, 기혼이어도 직장이 군대였기에, 아빠들의 조언은 큰 도움이 되지 않았다. 언니도 없었고, 동네 친구도 없었다. 자연스럽게 각종 육아서와 인터넷에 떠도는 정보가 곧 바이블이었다.

토요일 새벽 6시, 진통이 약하게 시작되었다. 인터넷에서는 진통 간격이 10분대 미만이면 병원에 가야 한다고 조언했다. 나는 내가 알아서 척척 잘하는 엄마라고 생각해 미리 챙겨둔 출산 가방을 들고 병원에 당당하게 들어갔다. 나를 보던 의사 선생님은 웃으시더니 "못 걸을 정도로 아프면 오세요."라고 말하며 집으로 돌려보냈다. 인터넷 정보만 믿고 헛걸음을 한 뒤, 33시간 동안 꼬박 진통을 참았다. 병원까지는 왕복 1시간이었다. 진통의 강도가 점점 심해졌지만, 다시 집으로 올까 봐 제대로 눕지도, 먹지도 못하고 고통을 참았다. 걷지 못할 정도는 아니었지만, 밤을 꼴딱 지새우며 진통을 겪으니 자고 싶었다. 그렇게 병원에서 자다 깨다를 반복하면서 첫 아이를 출산했다.

"송슬기 산모님, 21시 58분에 남자아이 출산하셨어요."라고 말하며 간호사 선생님은 아이를 내게 건넸다. 아이를 처음 만나면 천사 같은 모습일 줄 알았다. 사랑스러워 어쩔 줄 모를 줄 알았다. 그런데 처음 아이를 만났는데 이상했다. "아, 이 아이가 내 아이구나."라고 느낀 것이 전부였다. 기쁨과 평안, 행복과 사랑 등의 좋은 감정은 들지 않았다. 나는 기절하다시피 잠들었다.

조리원에서 만난 엄마들은 모두 열혈 엄마들이었다. 모유 수유를 하면서 '아기가 잘 먹니, 못 먹니' 하는 이야기를 했다. 최신의 육아용품들을 구입했다며 필요한 정보들을 교환하고, 어떤 것이 좋다며 추천하기도 했다. 내 아이에게 중요한 것 하나라도 놓칠까 봐 만들기, 목욕시키기 등 조리원의 각종 프로그램에 참여했다. 다들 준비된 완벽한 엄마인 것 같았다.

나도 아이의 사진을 찍어도 보고, 아이를 쳐다보고 있으면 신기했지만 '내 모든 것을 주어도 아깝지 않다.'와 같은 무한 애정은 생기지 않았다. 주변의 엄마들과 비교하면 나는 모성이 없는 엄마였다. 남편이 출근한 어느 날, 창문으로 밖을 보았다. 햇빛은 따사로웠고 거리의 사람들은 웃으며 거리를 지나는 모습이 보였다. 나도 모르게 이유 없는 눈물이 흘렀다.

신생아의 하루는 자는 시간이 대부분이었다. 나는 기계처럼 아이를 먹이고, 재우고, 씻겼다. 상호작용이나 눈 맞춤, 말 걸기 같은 것은 어색했다. 누가 보는 것도 아닌데 아이를 안고 '우쭈쭈' 하는 것은 손발이 오그라드는 것 같았다.

아이가 깨어있는 시간에는 그나마 나았다. 아이가 자는 시간이 문제였다. 22평도 되지 않는 조그만 아파트에서 움직이는 것도 귀찮아 최소한의 집안일만 했다. 배가 고플 때 대충 끼니를 먹었다. TV도 보지 않고, 책도 읽지 않았다. 스마트 폰도 하지 않았다. 그저 18층 창밖만 멍하니 내다보며 하루를 보냈다.

아버지와 전화로 심하게 다툰 날이었다. 마음이 너무 답답하고 화가 났다. 달랠 길이 없었다. 아침도 걸렀는데 점심시간이 되었다고 배고픔을 느끼는 내가 너무 한심스러웠다. 아이가 잠든 사이 동네 마트에서 라면을 샀고, 충동적으로 맥주도 샀다. 라면과 맥주를 울면서 먹었다.

처음에는 남편도 그런 내 모습을 이해하려고 했다. 그런데 마음이 허할 때마다 술을 마시는 횟수가 많아지면서 남편과 다투는 일이 잦아졌다. 급기야 나는 남편이 아침에 출근하자마자 술을 샀다. 그러고는 마치 술을 마시지 않은 것처럼 하기 위해 들고 나간 텀블러에 맥주를 따르고는 캔을 분리수거통에 버렸다. 5분이면 완전범죄까지 충분했다. 내 마음 하나 감당하기 힘든 상태가 되니 내가 좋은 엄마가 아닌 것 같아 아이에게 미안함과 죄책감이 들었다. 지금에서야 말하지만, 그때가 산후우울증이었던 것 같다. 그래도 걱정과 달리 큰아이는 잘 자라 주었으니 얼마나 감사한 일인지 모른다.

첫째가 너무 순했다면 둘째는 예민한 아이였다. 시도 때도 없이 울었다. 낯을 많이 가려 '엄마 껌딱지'였다. 달래지지 않는 아이가 미워 허벅지를 꼬집었던 적도 있었다. 고집도 황소고집이었다. 큰아이와는 너무 달랐다. 둘째는 자기 고집대로 되지 않으면 떼를 쓰기 일쑤였다. 그럴 때마다 나는 아이에게 떼를 써도 되지 않는 것이 있다는 것을 알려주기 위해서 더 단호하고 모질게 굴었다.

하루는 아이와 수학 문제집을 풀고 있을 때였다. 한 자릿수의 덧셈에 대한 내용이었는데, 아이는 설명을 듣지도 않고 모른다며 떼를 쓰기 시작했다. 화를 내지 않고 달래도 보고, 좋은 말을 해보아도 막무가내였다. 결국 나도 감정이 폭발하였다. "더하기 못해도 되니까 하고 싶지 않으면 하지 마!"라고 화를 내며 아이가 보는 앞에서 문제집을 찢어버렸다. 그날 밤 잠자리에 들기 전 아이가 팔을 부비며 "엄마, 아까는 짜증내서 미안해."라고 이야기하고는 잠이 들었다. 아이의 사과에 미안함과 후회가 동시에 밀려왔다. 조금만 더 화내지 않고 말할 걸, 조금만 더 참을 걸…. 잠든 아이의 얼굴을 한없이 쓰다듬었다.

양육자의 태도가 아이들의 정서에 영향을 미치는 것을 머리로는 알고 있었다. 아이들을 이해하고 한없이 사랑을 베푸는 엄마의 모습을 꿈꿨다. 아이들과 같은 눈높이에서 대화하고 서로 존중해 주는 완벽한 엄마가 내가 생각하는 좋은 엄마의 모습이었다. 그러나 내 기분이 한없이 꺼지는 날에는 아이들에게도 소홀했다. 그럴 때면 아이들에게 미안함과 죄책감이 밀려들었다. 잘하고 싶은 엄마의 역할과 현실에서의 갈등은 늘 나의 모성애를 의심하게 했다.

지난 주말, 아이들과 함께 시간을 보냈다. 둘째는 최근 종이 인형 만들기에 무척 관심이 많다. 인터넷에서 도안을 출력해 코팅하고, 자르고 붙이면서 만드는 것인데 같이 놀아달라고 한다. 나는 인형 놀이나 역할 놀이는 못해 주지만 최선을 다해 만들어 준다. 기껏

A4용지 몇 장과 손 코팅지 몇 장, 양면테이프가 전부지만 정성껏 만들어 준다. 거실에서 공작놀이가 한창인데 시누이가 아이들에게 말했다.

"이야~ 우리 아진이는 좋겠네. 엄마가 종이 인형 만드는 것도 해주고. 정말 멋진 엄마네."

그랬더니 아이가 웃으며 말한다.

"음, 완벽한 엄마는 아닌데, 그래도 우리 엄마는 좋은 엄마 같아요."

바쁘다는 핑계로 잘 놀아주지 않은 적이 많았다. 아이를 잘 키우고 싶어서 나의 생각을 아이에게 강요한 적도 있었다. 스스로의 감정을 이기지 못해 아이들에게 화를 낸 적도 많았다. 그래도 아이들은 내 걱정보다 훨씬 더 잘 자라 주었다. 종이 인형 그 작은 것에 만족감과 행복감을 느낀다.

그래 이만하면 완벽한 엄마는 아니더라도 좋은 엄마라고. 아이의 말에서 스스로를 위로한다.

4

퇴역을 결심하다

둘째가 태어난 지 얼마 되지 않아 해군이었던 남편은 전역을 결심했다. 함정근무로 한 달에 3주는 집을 비웠고, 나머지 일주일 중에서도 당직, 야근이 많았다. 아이들의 얼굴을 제대로 볼 수 있는 날이 한 달에 며칠이 되지 않았다. 남편은 가장의 책임과 아버지의 역할에 대해 갈등하다 결국 전역을 했다.

처음에는 아무런 대책도 없는 남편을 말렸다. 아이가 둘이었다. 나는 육아휴직 중이었기에 당장 한 달 수입이 걱정되었다. 그렇지만 남편을 말릴 수 없었다. 나는 지쳐 그만두고 싶은 그 마음을 누구보다 잘 이해하고 있었기 때문이었다. 살고 있던 관사는 퇴거 요청이 왔고, 쫓겨나듯 전셋집을 구해 이사를 나왔다. 몇 달은 퇴직금으로 버텼다. 최악의 경우 내가 복직을 해야 했다. 남편이 육아와 가사를 전담해야 하는 상황까지 고려해야 했다.

얼마 뒤 남편은 경비회사에 취직을 했지만, 10년이 넘는 군 경력은 하나도 인정받지 못했다. 식구는 4명인데 신입사원 정도의 월급으로 생활해야 했다. 한 달 고정 지출이 수입을 넘어섰다. 남은 퇴직금이 바닥 날 때쯤 남편은 해군 군무원으로 임용이 되었다.

육아휴직이 끝나갈 무렵부터 현실적인 고민이 시작되었다. 나는 경기도 평택으로 복직해야 했다. 어쩌다 운이 좋아 대구로 근무지를 변경한다 해도 진해와 대구는 먼 거리였다. 교대 근무를 하면서 출퇴근을 한다는 것은 상상할 수 없었다. 다른 선배들처럼 교대 근무를 하면서 혼자 아이 둘을 육아하는 것도 자신 없었다. 아이들을 24시간 운영하는 어린이집에 맡기는 것은 죄책감이 들 것 같았다. 처가살이를 싫어하는 남편에게 아이들과 친정에 지내라고, 주말부부를 하자고 말할 수도 없었다. 나의 경력과 돈을 핑계로 시부모님 댁에 아이들만 맡기고 싶지도 않았다.

무엇보다 가장 고민했던 것은 복직에 대한 심리적 부담이었다. 10년이 넘는 군 생활을 했지만, 작전실 근무를 생각하는 것만으로도 돌덩이가 마음을 누르는 것처럼 답답한 기분이 들었다. 이러다가 일도, 육아도, 아무것도 제대로 할 수 없을 것만 같았다. 끝내 나는 퇴역을 결심했다.

남들은 나를 이상한 사람으로 취급했다. 절실하게 일하고 싶어도 제대로 된 일자리가 없어서 일을 못하고 있는 경력단절 여성들과 비교하며 배부른 소리라고 욕했다. 정년이 보장된 좋은 직장을 아이들을 키우겠다고 그만두는 나에게 현실을 모른다며 저마다 쓴소리를 건넸다. 심지어 어차피 그만둘 것을 더 빨리 그만두지 않았다고, 절실한 다른 동료의 장기 복무 기회를 빼앗았다며 손가락질하고 비난했다.

퇴역 신고를 위해 마지막으로 부대를 방문했을 때, 이리 뛰고 저리 뛰는 한참 어린 여군 후배의 모습을 보았다. 다른 동료들은 우스갯소리로 그 후배를 볼 때면 나의 옛날 모습을 보는 것 같다고 말했다. 그 후배는 나를 보자마자 "필승! 선배님, 말씀 많이 들었습니다."라고 우렁차게 이야기했다.

일면식도 없었지만, 후배의 모습에서 열심히 노력한 내 과거의 모습이 겹쳐졌다. 후배가 어떻게 생활하는지 전혀 알지 못했지만 나는 그저 안쓰러웠고 안타까웠다. 그리고 그 시절 나에게 말하듯 너무 열심히 하지 말라고 웃으며 위로를 건넸다.

부대장 신고를 마치고 친했던 동료 몇 사람에게 마지막 인사를 건넸다. 치열하게 보낸 나의 20대를 조용히 그리고 조촐히 마무리했다. 차를 타고 부대 정문을 마지막으로 나오는 그 순간, 마음이 가벼웠다. 앞으로의 일에 대한 두려움도 미래에 대한 걱정도 없었다. 생각했던 것보다 훨씬 더 시원하고 홀가분했다. 비로소 마음이 자유로워지는 것 같았다.

"회사가 전쟁터라고? 밀어낼 때까지 그만두지 마라. 밖은 지옥이다." 많은 직장인들이 공감했던 웹툰《미생》의 대사이다. 아무 준비 없는 퇴역은 나에게도 지옥일 줄 알았다. 과거 술자리에서 동료들과 나눈 "이 나이에 제대해서 뭐 하나?"는 말에 매여 아무것도 할 수 없을 줄 알았다. 당시에는 막연함에 두려웠다.

그러나 퇴역 후 정작 달라진 건 아무것도 없었다. 나는 출근하는 남편의 점심 도시락을 싸는 아내였고, 아이들의 등원을 준비하는 엄마였다. 나는 그냥 나였다. 걱정했던 만큼 마음이 무겁지도 않았다. 그동안 '그만두는 것'을 너무 어렵게 생각했다는 것이 허무했다.

군대 생활도 견디지 못하면 세상에 어떤 일도 할 수 없다고 나 자신을 다잡았었다. 그러나 그것은 오기였고 만행이었다.

사립학교에서 몇 년을 기간제 교사로 근무하다 힘겹게 정교사가 된 친구가 있다. 그 친구의 사회 초년 시절부터 봐왔기에 얼마나 힘들었는지 알고 있었다. 친구는 결혼한 후 아이를 시험관 시술을 통해 어렵게 가진 터였다. 친구는 동료들의 눈치를 보며 육아휴직을 했고, 여전히 복직에 대해 갈등하고 있었다. 아파트 대출금을 갚기에는 신랑의 월급만으로 벅찼고, 당장 복직을 한다면 아이들을 돌 봐 줄 현실적인 문제를 고민하지 않을 수 없었다. 어렵게 가진 큰아이가 언어 지연으로 아동발달센터에 다니고 있으니, 그 힘든 마음이 오죽할까.

얼마 전 고향에 내려온 친구와 신나게 수다를 떨면서 나는 비교적 담담하게 말을 했다. 그만둬도 괜찮다고. 힘들게 버티지 않아도 살아지더라고 친구의 두 손을 꼭 잡아주며 위로했다. 그렇게 나를 위로했다.

오랜만에 선배에게 전화를 걸어 안부를 묻는다. 근무환경이 달라지긴 했으나 작전실은 크게 변한 것이 없다고 한다. 여전히 높은 근무강도와 업무 부담감, 스트레스는 아무래도 면역이 되지 않는다고 한다. 군인으로서 나라를 지킨다는 자부심이나 자긍심만으로 버티기 어렵지만, 그렇다고 전역을 할 용기가 없다고 말했다. 그리고 너는 어떠냐며 물어온다.

"저요? 좋죠. 지금이 훨씬 낫죠. 다른 건 몰라도 그만두길 잘한 것 같아요."

후회는 없다.

가끔 다른 선택이었다면 어땠을까 상상해 보기도 하지만, 미련은 없다. 나는 여전히 고민하고 갈등하는 삶을 살 때도 있고, 다른 일에 지쳐 번아웃 상태가 될 때도 있다. 확실하게 말할 수 있는 것은 절망과 고통, 아픔의 경험 속에서도 나는 성장했다는 것이다. 그때의 최선은 이제 웃을 수 있는 추억이 되었다. 모든 일은 결국 지나고 추억이 되듯 지금의 흔들림 속에도 또 성장할 것을 믿는다.

6년의 처가살이

신혼 때 일부 시간을 제외하고 결혼생활의 절반을 넘게 친정 부모님과 함께 살았다. 처음에는 남편의 장기교육으로 인한 부재 때문이었다. 그러다가 부모님의 농사 문제, 친정집 공사 문제 등 자꾸만 해결해야 될 문제가 생기면서 자연스럽게 남편의 처가살이가 6년이 되었다.

남편과 친정아버지는 고집이 세다는 공통점을 빼면 전혀 다른 성향의 사람이다. 아버지는 성격이 호탕하신 편이고, 가족보다는 바깥일에 더 많이 신경을 쓰는 성향에 술을 좋아하시고, 남편은 조용한 성격에 가족을 가장 우선순위에 두는 성향에 술을 잘 먹지 못한다. 아버지는 성격이 급하신 반면에 남편은 꼼꼼한 성격이다 보니 서로를 이해하지 못할 때가 많았다. 혈육인 나도 아버지가 이해되지 않아 갈등이 자주 있는데, 아버지의 언행을 보는 남편은 오죽했을까.

한번은 아버지의 대학교 시험을 치는 날이었다. 늦은 나이에 디지털대학교에 편입하여 공부를 하시던 아버지는 컴퓨터 조작이 익숙하지 않아 내 도움을 많이 필요로 하셨다. 온라인으로 시험을 볼 때면 제한 시간의 압박으로 문제는 아버지가 풀지만 마우스 클릭이나 타이핑을 하는 것을 도와드려야만 했다.

그날은 하필 유난히 어려운 과목의 시험이 있는 날이었다. 교안과 전혀 다른 강의를 일삼고, 강의 한번 제대로 한 적이 없던 교수님의 과목을 시험 보고 있는 중이었다. 시험 종료 시간이 임박한 상태에서 남편이 막 퇴근을 하고 집에 들어서던 순간, 두 살 아들이 보채기 시작했다. 문제의 난이도가 너무 어려워서 집중을 해야 했는데, 아이가 쉽사리 달래지지 않았다. 마음이 급한 아버지는 어머니에게 화를 내시며 아이를 제대로 보지 않고 뭐 하는 거냐고 소리를 치셨다. 그 모습을 본 남편이 나에게 화를 내면서 지금 아이를 내팽개치고 뭐 하는 짓이냐며 당장 나오라고 아버지와 똑같은 모습으로 소리쳤다.

살면서 남편이 그렇게 화를 내는 모습을 처음 봤다. 가끔 나와 툭탁거리며 싸울 때가 있긴 했지만, 어른들 앞에서 격하게 표현한

나는 별아웃이었다

적은 한 번도 없었다. 순간 모두가 당황했다. 아버지는 어른들 앞에서 뭐 하는 짓이냐며 남편에게 화를 냈다. 남편은 아이도 있는데 왜 그렇게 큰 소리를 치시면서 강압적으로 말씀하시냐며 따져 물었다. 큰 다툼이 되기 전, 어머니와 나는 두 사람을 말렸다. 일단 어머니는 아들과 남편을 데리고 밖으로 나갔다. 아버지와 나는 급한 시험을 마무리했다. 이후 대화를 통해서 잘 마무리를 했지만 모두가 마음이 불편했다.

남편은 아버지를 좋아할 리 없었다. 언제나 온화하고 다정하신 시아버지 밑에서 자란 남편은 친정아버지의 모습에서 많은 실망을 했다. 아버지 역시 그랬다. 사위라고는 하나뿐인데 평소 살갑지 않은 태도와 자신을 몰라준다고 서운해하셨다. 겉으로는 갈등이 없었지만, 불편한 관계가 계속되었다. 남편은 예의에 어긋나지 않게 행동했지만, 감정교류는 없었다.

나도 아버지가 싫었지만, 남편이 아버지에게 불쾌한 감정을 내비칠 때마다 서운했다. 마치 '까도 내가 까'처럼 내가 욕하는 건 괜찮지만 남이 욕하면 기분이 나쁘듯, 남편의 태도가 미울 때도 있었다.

나는 아버지와 남편 사이에서 본격적으로 눈치를 보기 시작했다. 주말이면 아이들을 데리고 밖으로 나돌았다. 한 공간에서 아버지와 마주하는 것을 불편해하는 남편을 배려한답시고 한 달에 한 번은 시부모님을 만나 뵈러 갔다. 아이들의 체험학습을 핑계 삼아 매주 산으로, 공원으로 돌아다녔다.

부모님에게 일이 있을 때면 나는 부모님을 도와드려야 했다. 그럴 때면 남편은 혼자 아이들을 돌보면서 싫은 티를 냈다.

외동으로 태어나서 혼자 부모님의 일을 짊어지는 것이 버거웠다. 미안함이나 고마움 없이 내 도움을 당연하게 여기는 부모님이 원망스러웠다. 하나를 해드리면 둘, 셋을 너무 쉽게 요구하시는 태도에 나중에는 어머니도 같이 미워졌다. 나를 이해해 주지 않는 남편에게도 화가 났다. 아무도 나를 배려해 주지 않는 것 같았다. 내 편은 아무도 없었다. 남편이 없을 때면 아이들 앞에서 아버지와 갈등하기 일쑤였다. 오죽하면 큰아들이 7살 때 "외할아버지는 엄마를 너무 힘들게 해."라고 말할 정도였다. 아버지와의 갈등 해결을 위해 대화도 해보고, 편지도 써보고 눈물로 호소를 해봐도 딱 그때뿐이었다.

집에 돌아와도 제대로 쉴 수 없다는 압박에 남편은 잔뜩 예민해졌다. 남편은 새벽 6시가 되기도 전에 출근을 했고, 저녁 9시가 넘어서 집에 왔다. 집에서는 잠만 잤다. 내가 아버지와 갈등을 하면 할수록 남편과의 갈등도 점점 심해졌다. 나중에는 아예 말 자체를 하지 않았다. 말을 하면 할수록 나도 날카로워져서 남편을 찔러댔다. 아이들에게만큼은 부부싸움을 보여주지 않겠다고 다짐했지만,

감정이 격해질 때면 이성보다 늘 감정이 앞섰다. 점점 마음의 여유를 잃어갔다.

6년의 처가살이 끝에 우리는 친정에서 분가를 했다. 지금은 작은 아파트에서 시누이와 함께 산 지 2년이 조금 넘었다. 시댁 식구들과 같이 산다는 것은 반 시댁살이를 하는 것과 같다는 주변의 말에 흔들리지 않고 생활했다. 겉으로는 아무런 갈등이 없지만 시누이도, 나도, 신랑도 아마 셋 다 서로에게 조금씩은 서운함이 있을지도 몰랐다. 이제야 남편의 마음이 조금은 이해가 되었다.

물론 시누이에게 감사한 점이 참 많다. 아이들의 육아문제, 가사일 문제 등…. 내가 친정 일로 퇴근이 늦어지면 걱정 없게 아이들을 돌봐준다는 것이 가장 고마운 점이다. 내가 속상한 일이 있으면 때로는 친구처럼, 언니처럼, 엄마처럼 믿고 의지할 수 있으니, 분명 내복이다.

남편에게 미안한 마음이 들었다. 내가 그때 친구처럼, 엄마처럼 대해 주었다면 남편이 덜 힘들어하지 않았을까 생각해 보게 된다. 내가 중간 역할을 제대로 하지 못했나 하는 마음이 들었다.

6년을 꼬박 처가살이를 해준 남편이 감사했다. 여전히 나는 아버지와 갈등을 하고 있지만, 이제는 그때마다 남편이 나를 토닥거려 준다. 그것만으로 큰 위안이 된다.

부족함 없이 다해주고 싶어서 아이들에게 사 준 장난감이 많았다. 제발 장난감 좀 그만 사 주자고 남편과 서로 약속을 했다. 퇴근하고 집에 오니 남편이 택배로 주문한 아들의 장난감 총이 도착해 있었다. 아들은 별 관심이 없고 정작 남편이 더 신나서 낄낄대며 이리저리 만져본다.

　－탕

비비탄 총알이 발사되면서 이리 튀고 저리 튀더니 다리에 와 맞는다.

"여보!"

소리를 빽 지른다. 시누이가 놀라서 방에서 나온다. 아차 싶어 나는 놀라게 해서 미안하다고 시누이에게 사과를 한다. 시누이가 애들도 있는데 소리는 지르지 말자며 따끔하게 충고하고 방으로 들어간다. 나는 어쩔 수 없이 또 시누이의 눈치를 본다.

어휴, 이럴 땐 남편이 아니라 원수다.

만족하고 있습니다만…

부모님이 운영하시는 편의점에서 낮에는 일을 도왔다. 퇴역을 하고 나서부터 나의 경력을 위해 무언가를 해야 할 것 같은 의무감이 들었다. 시간적 여유가 있을 때 자격증이라도 하나 따놓으려는 마음으로 공부를 시작했다.

어느 날은 작은아버지가 편의점을 방문해서 보시더니 왜 자격증을 공부하느냐고 물으셨다. "저도 언젠가는 취직해야죠."라고 했더니 다음 날 채용 공고 몇 개를 손수 출력해서 가져다주셨다. 작은아버지들이 뭐 그렇게 다 큰 조카 일에 극성이냐고 말하는 사람도 있었다. 아마 어렸을 때 함께 살았던 것 때문에 내가 유난히 마음이 쓰이는 것일지도 몰랐다.

자격증 공부를 하고 있었지만 당장 취직할 생각은 없었다. 아이들이 조금 더 크면 편의점 경력을 내세워 마트 아르바이트라도 하면 되지 않을까 생각했는데 얼떨결에 구직자가 되었다. 아예 원서 접수를 하지 않을까 생각했지만, 작은아버지의 성의를 무시하는 것 같아 마음 한구석이 괜히 찔렸다.

친하게 지내던 지인에게 같이 원서를 넣어보자고 권유했나. 지인은 아는 인맥을 동원해 여기저기 알아보더니 이미 내정자가 있는 것 같다고 귀띔해 주었다. 합격이 될 가능성이 희박해도 상관없었다. 그냥 작은아버지께서 나를 생각해 주시는 그 마음이 너무 감사해서 별 기대 없이 이력서를 작성했다.

남편의 전역 이후 이력서를 20통 가까이 작성했던 것이 제법 도움이 되었다. 취업 준비생들의 인터넷 커뮤니티를 들락거리며 다른 사람들의 자기소개서를 정독했다. 내 군 경험과 편의점 무보수 아르바이트를 바탕으로 해당 직위에 맞게 이력서를 작성했다. 써놓고 보니 그럴 듯 했다. 분명 군 생활은 힘들었던 기억뿐이었는데, 군 생활을 통해 얻은 것도 많다는 것을 알았다.

나는 두 곳에 응시하였고 두 군데 모두 서류 전형에 합격했다. 적성 시험도 치렀다. 많은 사람이 응시한 것을 보니 새삼 안정적인 일자리를 희망하는 사람들 사이에서 안일하게 생각한 내가 한심스러워졌다.

지자체 일자리는 서류 전형에 합격한 사람들 모두가 면접 대상자였다. 10여 년 만에 보는 면접이었다. 2명을 채용하는 자리에 18명의 면접자가 대기하고 있었다. 경쟁률이 치열했다. 이미 지자체에서 기간제 근로 경험이 있는 분들도 다수였다. 합격할 것이라는 기대는 일찍이 사라졌다.

나는 좋은 인상을 위해 머리를 묶고 안 하던 화장을 했다. 단정해 보이려고 정장을 사서 입었다. 면접 질문이 뭐가 나올지 몰라 지자체 홈페이지를 통해 기본현황을 외웠다. 군무원이나, 공무원이나 비슷한 것을 물어보겠지 싶어 남편의 면접 때 준비했던 자료들을 다시 점검해 보기도 했다.

면접이 시작되고 얼마나 긴장이 되었던지 손이 덜덜 떨렸다. 다행인 것은 블라인드 채용이라고 해서 아예 응시자와 면접관이 얼굴도 보지 못하게 칸막이를 친 상태로 진행되었다. 누가 누구인지 전혀 알 수 없는 상황이었다. 아마 면접관들의 얼굴을 봤다면 시선도 제대로 마주하지 못하고, 말도 제대로 못했을 것이라 생각했다.

면접 직전, 유튜브에서 면접에 대해 강의하시는 분의 영상을 보고 간 것이 도움이 되었다. 조리 있게 말하지는 못했지만, 핵심은 명확하게 전달한 것 같아서 홀가분했다.

나는 최종 합격 통보를 받았다. 물론 운이 좋았다. 내게 온 기회를 놓치지 않고 성취한 것에 만족감이 느껴졌다. 당시 살고 있던 친정집과는 직선으로 500미터가 채 되지 않았기에, 엎어지면 코 닿을 거리에 직장이 있다는 사실도 좋았다. 무슨 일을 하게 될지 몰랐지만, 많은 경험자들 가운데 합격했다는 사실에 마음이 뿌듯했다. 다른 한 곳은 최종 면접에서 탈락했지만 괜찮았다.

첫 출근하던 날은 이상하고 어색했다. 육아휴직 4년 만에 처음으로 하는 직장 생활이니, 두렵고 설레는 마음이 동시에 들었다. 나의 오랜 군 생활은 특이한 이력이었다. 사람들은 나를 조금 신기하게 생각하는 것 같았다. 내가 채용되는 바람에 기회를 잃은 누군가는 내 나이가 어리다며 사업체에서 경리 일을 봐도 충분할 텐데 왜 지자체에서 일을 하냐고 핀잔을 주기도 했지만, 아무렇지도 않았다.

나는 작은 사무실을 배정받았고 대부분의 시간을 혼자서 근무했다. 육체적으로 고된 일도 없었고, 사람 관계로 스트레스 받을 일도 없었다. 누군가는 내게 심심하지 않냐고 물어봤지만 나는 재미있었다. 사람에게 치이지 않는 것은 그토록 내가 바라던 생활이었다. 외로울 틈도 없이 만족스러웠다. 나의 힘들었던 지난 시기를 보상받는 기분이었다.

아무도 일에 대해서 알려주지 않았다. 스스로 비슷한 업무를 하는 동료를 찾아가 물었다. 성과가 나는 일은 아니었지만, 잘하고 싶었다. 원활한 업무를 위해 혼자서 근무 일지를 작성하기도 했다. 가끔 부서 간 소통이 안 돼서 답답할 때가 있었다. 나의 존재를 잊어

버리고 일정 공유가 제대로 되지 않는 일도 있었지만 괜찮았다. 이제는 애쓰지 않고 내가 할 수 있는 만큼만 한다.

사람들은 공무원이 좋은 직장이라고 한다. 안정적인 월급, 연금, 연차, 워라밸, 저녁이 있는 삶. 하지만 가까이서 본 공무원의 수고는 좀 다르다. 코로나가 국내에서 한 종교 단체에 의해 퍼졌을 때 관련 부서 공무원들은 주말도 없이 종교시설 점검을 다녔다. 산불이 났을 때는 부서의 필수인력을 빼고 모두 산불 진화 지원을 했다. 봄이 되면 농가 일손 돕기 같은 대민 지원 업무도 해야 했다. 여름철 태풍 대비 취약지역을 점검은 매년 필수였다. 보건소 인력은 하루에도 수백 건, 수천 건씩 밀려드는 검사에 추위와 더위와 싸우면서 몇 년째 일하고 있다. 환경부서의 공무원들은 악취, 폐기물, 각종 민원 신고에 현장에 나가면 멱살을 잡히는 일도 있고, 허가 부서는 가끔 언론을 상대로 잘못된 보도를 통해 각종 오해에 시달리기도 한다. 복지부서 공무원들은 수당 문제로 민원인에게 뺨을 맞기도 했다. 남들이 좋은 직장이라고 하는 공무원이 나에게는 극한 직업으로 느껴졌다.

남들과 비교하면서 스스로를 채찍질했었다. 원하는 것이 정확하게 뭔지도 모른 채 남들이 좋다고 하니까 꾸역꾸역 억지로 하며 버텼다. 성과는 없었고 지쳐만 갔다.

멈춰도 괜찮았다. 비록 직업군인일 때보다 월급도 작고, 경력도 인정받지 못하지만 그래도 나는 그때 보다 지금의 내 마음이 훨씬 편하다고 느낀다. 객관적인 비교가 모두에게 만족스러울 수 없다는 것을 안다. 남들과 달라도 괜찮다. 남에게는 좋다고 하는 길도 내게는 지옥일 수 있고, 남에게는 지옥 길이라도 내게는 걸을 만한 가시밭길일 수 있다. 이제는 누군가를 응원할 때 꽃길만 걷자고 응원하지 않는다. 대신 꽃길도 좋지만 힘든 가시밭길도 걸을 수 있는 마음을 가지길, 그렇게 응원한다.

니 눈에 보이는 게 다가 아니야

SNS를 그만둔 것은 내 삶이 타인에게 노출되는 것이 싫어서였다. 스마트 폰 사용자가 많아 지면서 페이스북이 유행처럼 사용되었다. 어느 날 '알 수도 있는 사람'이라며 자동 추천 목록을 보고 소름이 끼쳤다. 가입할 때 작성한 나의 개인 정보와 팔로워들 간의 공통점을 찾아 원하지 않아도 추천해 준다는 사실이 싫었다. 알리고 싶지 않은 사람에게도 내 정보가 노출될 수 있다는 사실에 계정을 비공개로 전환했다. 뭐 그렇다고 큰 비밀스러운 내용을 담고 있거나, 내가 인플루언서는 아니었지만, 누군가 내 삶을 훔쳐볼 것 같은 느낌이 들어 기분이 썩 좋지 않았다.

두 번째 이유는 내가 기록을 남기면 그걸로 한마디를 보태는 사람들 때문이었다. 나는 그냥 내 기록을 남기고 싶었을 뿐이었는데 '어디를 다녀왔니', '같이 가지 왜 혼자만 갔다 오니', '재미있었니?' '맛있었니?' 등... 나의 게시글로 마치 나를 다 아는 것처럼 비꼬듯이 말하는 것이 싫었다. 남에게 괜히 이야깃거리가 되는 것 같아 SNS 에 업로드 하는 것을 그만뒀다. 나의 SNS 계정은 최신의 정보를 찾기 위한 검색용일 뿐이었다.

많은 사람들이 SNS를 사용한다. 과거에는 매체가 TV, 신문, 라디오 등으로 제한되어 있었다면 지금은 누구든 콘텐츠를 제작할 수 있는 세상이다. 누구든지 셀러가 될 수 있고, 디렉터가 될 수 있다. 감성 사진 몇 장이면 다양한 협찬이 들어오고, 사람들의 '좋아요' 수와 '팔로워' 수에 따라 매기는 가치도 달라진다. 오죽하면 대통령 선거도 SNS로 한다는 말이 있듯, 자기 PR 시대에 SNS는 자기표현의 수단이자 강력한 마케팅 도구가 되었다고 해도 과언이 아니다.

그런데 SNS를 하다 보면 좋은 내용이 가득하다. 물론 웃기는 내용도 있고 정보를 담은 내용도 있지만, 부정적인 내용은 찾아보기 어렵다. 단편적인 사진이나 글을 통해 한 사람을 다 알 순 없지만, 유명 인플루언서들이 노출하는 사진들은 그들의 삶을 행복하다고 느끼게 한다. 따라 하고 싶게, 보다 좋아 보이게 하는 것들로 가득하다. 물론 좋아하는 사람이나 소통하고 싶은 사람들과 직접적인 교류가 가능하니 분명 장점도 있다. 하지만 본의 아니게 비교 대상이 되거나 비교하는 삶을 살아갈 수도 있다는 단점도 있다고 생각한다.

우연히 정신의학과 의사에게 유명 연예인이 고민을 상담하는 TV 프로그램을 본 적이 있다. 그 연예인은 유명 아이돌로 10년 넘게 방송생활을 하면서 돈도 많이 벌고 인기도 많은 사람이었다. 하지만 그는 가장 성공했을 때 가장 불행했다고 덤덤히 밝혔다. 의지할 때가 없었다고 자신의 고민을 이야기했다.

가끔 인터넷상에는 자살한 연예인들에 대한 이야기가 나온다. 겉으로는 화려한 삶을 살고 있지만, 우울증으로 생을 마감한 젊은 연예인들을 볼 때면, 타인의 슬픔이나 감정을 나만의 기준으로 함부로 판단할 수 없음을 깨닫는다.

나는 나만 힘든 줄 알았다. 그러나 다른 사람들의 이야기를 직·간접적으로 들어보면 가정폭력, 알코올 중독의 부모나 도박 중독의 부모, 편부모, 가난, 신체적 장애 등 나로서는 상상하지도 못할 힘든 일을 경험한 사람들도 있었다. 그리고 어려움을 극복하고 앞으로 나아가는 사람들 역시 많았다.

당장 끼니를 걱정해야 하는 사람들, 아픈 것이 너무 고통스러운 사람들, 자신을 한계로 내몰거나 타의에 의해 한계로 내몰리는 사람들 또한 많았다. 그에 비하면 나는 지극히 평범한 삶을 살고 있었다. 내 삶은 더없이 평온하고 감사한 삶인데 내 마음은 왜 그리 힘겨운 것인지 이유를 알 수가 없었다.

나는 사람에, 일에 지쳤던 것만은 확실했다. 그렇게 지쳐서 아무것도 하지 않고 시간을 보내는 것이 가끔은 나를 죽이고 있는 것은 아닐까 하며 지나치게 확대하여 생각할 때도 있었다. 무언가에 도전해 보고 싶다가도 금방 포기할 때도 많았다.

'괜찮아 쉬어도 돼, 충분히 했어. 아무것도 하지 마.'라는 마음과 '그래도 뭐라도 해봐야 하지 않을까?'라는 두 개 마음이 충돌할 때면 마음이 더욱 힘겨웠다. 무엇보다도 다른 집 아이들의 행복한 사진을 보면서 나는 내 아이들에게 다정하지 못한 엄마인 것 같았다. 아무도 내게 뭐라 한 적이 없었지만, 스스로 죄책감이 들 때가 많았다. 주변 사람들에게 가끔 내 고민을 이야기하면 "그래도 너는 나보다는 낫잖아."라고 말하는 사람도 있었다. 고민은 상대적인 것이겠지만, 객관적으로 볼 때 내 고민은 누구나 겪는 가벼운 스트레스 정도로 여긴다는 것을 분명 나도 알고 있었다. 누구의 고민이 더 무거운 것인가를 가지고 서로 내기하는 것은 아니었지만, 주변 사람들이 나의 마음을 가볍게 여기는 것이 싫었다.

가정적인 남편, 안정적인 직장, 아픈 곳 하나 없는 가족, 잘 자라는 아이들. 내 환경을 보며 걱정 없이 살아서 좋겠다고. 그렇기에 감사하며 살라고 말했다. 나의 고민은 호강에 겨운 소리라고 일침을 가할 때면 내 마음을 알아주는 이가 아무도 없는 것 같았다. 다른 사람들의 이해를 바라는 것은 아니었다. 하지만 자신의 눈에 비친 모습이 전부가 아니라는 것을, 누군가 내 마음 하나라도 알아주는 이가 있었으면 했다.

사람들은 남의 일에 깊은 관심이 없다. 남에 일에 대해 이러쿵저러쿵 말을 하지만 의미 없는 말도 많다. 잘 알지도 못하면서 남에 대해 함부로 평가하고 조언하는 사람들에게 혐오감이 들었다. 가식과 위선으로 느낄 때도 많았다. 차라리 아무 말을 하지 않는 사람이 오히려 편했다. 자신의 의견을 말하는 사람보다 묵묵히 고개를 끄덕여 주는 사람이 훨씬 진실되게 느껴졌다.

나는 한 번도 다른 사람의 인생을 판단하고 거침없이 평가한 적이 없었던가. 되짚어 본다. 아이의 감정이나 사정에 대해 생각하지 않고 내 의견만 몰아붙인 적도 있었다. 시누이의 마음은 모른 척한 채 나와 성격이 다르다는 이유로 이해할 수 없다고 생각한 적도 있었다. 남편이 고민할 때면 '알아서 하겠지' 하고 내버려 두고 신경 쓰지 않았다. 그러나 정작 '왜 내 마음을 알아주지 않냐'며 남편에게 서운하다고 표현한 적 많았다.

내 생각과 말이 타인에게 큰 상처가 된 적이 있었을 것이다. 내 눈에 보이는 것만 믿고, 겉모습만 보고 판단하지 말자고 다짐한다.

주말, 아이의 친한 친구 엄마들과의 만남이 있었다. 초등학교 3학년쯤 되니, 아이들이 이제 말을 안 듣기 시작한다며 육아 고충을 털어놓기 시작한다. 말 대신 고개 한번 끄덕인다.

8

이미 아무것도 하고 있지 않지만…

남편의 점심 도시락을 싸고 아이들 등교 준비를 마친 뒤 급하게 출근을 했다. 아내, 엄마, 직장인. 내게 주어진 3개의 역할을 해내느라 아침잠도 설쳤다. 사무실을 정리하고 혼자 가만히 앉아 모니터를 들여다보다 내가 한 일이 아무것도 없다는 생각이 들었다. 이상했다. 분명 아침에 여러 가지 준비로 바빴는데, 내가 한 일이 전혀 보람되지 않았다. 오히려 하찮은 일이라는 생각만 들었다. 그렇다면 대체 무슨 일을 해야 일다운 일을 하는 것일까 고민해 봐도 선뜻 답이 나오질 않았다.

'개천에서 용 난다.'는 말을 믿는 사람이 과연 있을까? 고학력, 고스펙이 넘쳐나는 데도 청년실업은 감소하지 않는 것 같다. N포 세대, 수저 계급론이라는 신조어가 등장하고 있는 현시대에서 개인의 노력만으로는 사회 계층의 변화를 꾀하기가 어렵다는 것은 이미 체감하고 있었다. 과거에는 교육이 곧 기회였다. 좋은 학력은 좋은 직업을, 좋은 직업은 부를 가져온다고 믿었었다.

내가 사는 작은 시골 동네에서도 엄마들이 모이면 어느 학원이 좋은지에 대한 이야기를 나눈다. 어릴 적부터 더 나은 학원, 더 좋은 선생님을 찾아 왕복 1시간 거리의 학원에 다니는 아이들도 많았다. 공부도 이러한데 외부의 도움 없이 온전히 개인의 힘으로 무언가를 이루기가 쉽지 않다는 것은 인정해야 할 사실이었다. 신혼생활을 보증금 300만 원 관사에서 시작한 나와, 부모님의 도움을 받아 2억 원대의 아파트에서 시작한 친구를 비교해보면 차이는 훨씬 더 명확해진다.

나 혼자 열심히 노력한다고 다 이루어지는 것이 아니라는 생각이 들 때면 열심히 살아 뭐하나 싶은 생각도 들었다. 미래에 대한 걱정보다 욜로나 소확행을 외치며 현재를 즐겼지만, 마음은 편하지 않았다.

개인의 노력만으로 원하는 것을 이루기 어려운 세상임을 알고 있는데도 자꾸만 개인의 노력을 강요당하는 느낌이었다. 과거에는 개인의 성취, 명예와 같은 것들은 노력하면 이룰 수 있다고 말하는 사람 많았다. 최근에는 부업, 무자본 창업, 부동산 투자와 같은 경제 분야에서 부의 축적을 위해 배우고 노력해야한다고 사회가 노력을

나는 번아웃이었다

부채질하는 것 같았다.

평소 친하게 지내는 지인들이 얼마 전 주식 공부를 시작했다. 전업주부인 그녀들은 주식 계좌를 개설해 소액을 투자하기도 하고, 경제공부를 핑계 삼아 자주 만났다. 실제 수익을 낸 지인은 나에게도 좋은 정보가 있으니 같이 주식을 하자고 권유하기도 했다. 나는 그마저도 귀찮아 거절했다. 따라만 해도 아이들 과자값 정도의 수익을 낼 수 있었다. 그녀들은 아무것도 하지 않는 내가 바보 같다고 생각했을지도 모를 일이었다.

지금은 옆집 아줌마도 경제공부와 노력으로 부를 이루는 세상이다. 유튜브에는 자신의 투자 성공 경험을 담은 많은 콘텐츠들이 있었다. 근로소득 이외에도 부가가치를 통해 돈을 벌 수 있는 수단이 생겼고, 부업과 개인투자를 통해 많은 자산을 증식한 사람들이 "지금 해야 한다. 하지 않으면 격차는 더 벌어진다."라고 말하고 있는 것 같았다. 직장 생활만으로는 부를 축적하기 어려우니 끊임없이 노력하라고 재촉하는 것 같았다. 숨이 막혔다. 사람들의 기준에서 나는 미래를 위해, 더 나은 삶을 위해, 나를 위해 노력하지 않고 있었다. 이미 아무것도 하고 있지 않지만, 더욱더 아무것도 하고 싶지 않았다.

여느 때와 다름없이 잠자리에 누워 "잘 자."라는 인사를 건네자 평소와 달리 큰아이가 말이 없었다. 휴대폰 플래시를 켜고 아이를 살피니 소리 없이 눈물을 흘렸다. 내 안의 헬리콥터 맘이 깨어났다. 혹시 학교에서 친구들과 잘 어울리지 못하나? 선생님이 무섭나? 학교에서 누가 괴롭히나? 3학년 되면서 학습량이 많아져서 그런가? 별생각이 다 들어서 또 아이를 보채듯 물으니 아이가 한숨을 쉬며 말했다.

"잠자기 싫어서 그래."

다음 날 학교에서 생활을 잘하려면 일찍 자야 한다고 잠자리에 눕게 했는데, 더 놀고 싶은 아이의 마음을 몰라주었던 것인가 싶어, 불을 켜고 좀 더 놀다가 자도 괜찮다는 말을 했다. 아이는 눈물만 그렁그렁할 뿐 별 반응이 없었다. 아들의 대답을 듣기 위해 왜냐고 물으며 채근하니, 마지못해 대답을 했다.

"무서운 꿈을 꿀까 봐 그래." 아이는 무서운 꿈을 자주 꾼다고 말했다. "어떤 무서운 꿈이야? 꿈에 귀신이 나와? 괴물이 나와서 널 괴롭히니? 꿈에 죽은 사람이 나오니?"라고 대답할 틈도 없이 물었다. 아들은 6살 때부터 종종 엄마, 아빠가 교통사고로 죽는 꿈을 꾼다고 말했다.

부모님이 죽는 꿈이 무서운 꿈이라며 우는 아들이 귀엽기도 하고, 기특하기도 했다. 남편은 아들에게 걱정하지 말라고 등을 쓰다

들었다. 엄마, 아빠는 너보다 일찍 죽지 않는다고 아이를 안아 주었다.

다른 한편으로 아들의 마음이 걱정도 되었다. 꿈에 교통사고를 당하는 장면이 무서운 걸까, 엄마 아빠 없이 홀로 남겨진다는 것이 무서운 걸까. 아이가 구체적으로 어떤 장면을 무섭다고 하는 것인지 알 수는 없었지만, 아이도 죽음에 대해서 생각한다는 사실에 아들에게 말했다.

> "사람은 누구나 태어나서 죽어. 나이가 들어 늙어서 죽을 수도 있고, 병이 찾아와서 병으로 죽을 수도 있고, 예기치 않게 사고를 당해서 죽을 수도 있어. 그러니 죽기 전까지 우리는 하루하루를 행복하고 즐겁게 살아야 하는 거야. 엄마, 아빠는 너희보다 나이가 많으니까 너희보다 일찍 죽는 건 어떻게 보면 당연한 거야. 그러니까 슬퍼하기보다는 우리 모두 살아있는 하루하루를 즐겁게 보내자. 대신 아들이 걱정하지 않게 엄마, 아빠가 운전은 항상 조심할게."

내 말에 아들은 그제야 고개를 끄덕거렸다.

남편은 애한테 쓸데없이 먼저 죽는 이야기를 한다고 구시렁거렸다. 하지만 나는 아이가 죽음을 두려워하기보다 자연스럽게 받아들이고 살아있는 삶을 더 가치 있게 보냈으면 했다.

가끔 아이를 통해 깨닫는 것이 있다. 아이가 가치 있는 삶을 보내길 바라면서 정작 나는 무기력한 태도로 내 삶을 내버려 두었다. 정신이 번쩍 들었다. 아무것도 하지 않으면 아무 일도 일어나지 않는다. 무엇이 가치 있는 삶인지 알 순 없지만, 확실한 것은 자신의 삶을 방관해서는 안된다는 것이다.

열심히 노력할 수 있을지는 확신이 서지 않는다. 그래도 살아있는 하루를 좀더 즐겁게 보낼 수 있게 작은 노력이라도 할 차례이다.

제3장

흘러가는 대로 살아내다

젊으니까 공부를 좀 해봐

다시 직장에 출근하게 된 것은 육아휴직 이후로 5년 만이었다. 입사 동기라고 부르긴 좀 애매하지만, 같은 날 같은 분야에 채용이 된 동료와 13살 차이였다. 내부 사정으로 서로 다른 부서에 배속을 받았다. 동료는 이미 다른 부서에서 몇 년 동안 일을 한 경험이 있었고, 나는 사회생활이라고는 군 생활밖에 해보지 않았으니 왕초보나 다름없었다. 일은 만족스러웠다. 바쁘게 몰아칠 때를 빼면 비교적 간단한 일들이 많았다. 자리를 비울 수 없는 것을 제외하면 큰 소리 내지 않고 조용히 혼자 몰입할 수 있는 환경이좋았다.

육아를 위해 정년이 보장된 직장을 그만두고 나온 나의 재취업 소식에 친척들은 내 일처럼 반가워했다. 비록 경력을 인정받지 못하더라도, 월급이 적어도 괜찮았다. 퇴역을 고민했던 이유를 잘 알기에 아이를 키우면서 일을 할 수 있다는 그 자체만으로도 많은 축하를 받았다. 몇몇 분들은 축하와 더불어 더 공부를 해보라고 권유했다. 아직 늦은 나이가 아니니 공무원 시험을 쳐보라고 제안했지만, 나는 웃으며 손사래를 쳤다.

어느 날은 상사와 함께 가볍게 차를 한 잔 마시며 면담을 하게 되었다. 직장 상사는 공직생활을 30년 넘게 한 행정 전문가였다. 아버지보다도 연배가 많으셔서 처음에는 어렵기만 했었다. 하지만 곧 퇴직을 앞두서서인지 작은 실수도 너그러이 대해주셨고, 잘 모르면 다음 행동 방향에 대해서도 알려주셨다. 일을 하면서 한 번도 사적인 대화를 나눠 본 적이 없었는데, 그날은 나에 대해 이것저것 물어보셨다. 군대는 왜 갔는지, 왜 그만뒀는지, 어떻게 지내왔는지. 마지막으로 나이를 묻고는 놀라신 모습이었다. 아마 예상보다 내 나이가 어리다고 생각하셨던 것 같다. 그러고는 한마디 덧붙이시며 아직 젊으니 바쁜 일이 없으면 사무실에서 공부도 하고 책도 보라며 배려해 주셨다.

과거 군 복무 시절에 학업을 병행한 적이 있었다. 처음 나에게 군대의 의미는 사회로 나가기 위한 준비였다. 대학 4년을 꼬박 공부해도 취업을 걱정하던 친구들의 모습에 나는 그들보다 더 열심히 해야 한다고 마음먹었었다. 독학사, 학점은행제, 자격증 취득을 통

나는 번아웃이었다

해 2년 6개월 만에 학사학위를 취득했다. 대학이 스펙이고 경쟁력이니까, 막연히 학위가 있어야 한다고 생각했던 것 같다. 자격이나 진로에 대해 고민하지 않았다. 목표나 방향성도 없었다. 닥치는 대로 했다. 성과는 있었지만 남은 것이 없었다. 일부 자격증을 취득하긴 했지만, 진짜 내가 하고 싶었던 공부가 아니었다. 지불한 강의료 때문에, 친구들에게 뒤처지기 싫다는 자격지심 때문에, 의무감 때문에 억지로 했으니 제대로 된 성취감이 생기지 않았다.

어린이집 교사로 일하는 시댁 형님의 말만 듣고 보육교사 자격증을 취득하기 위해 공부를 했다. 자격증만 있으면 취업이 될 수 있다는 말에 대학과 교육 기관에 개설된 평생강좌를 들으면서 일정에 맞추어 수업만 들었다. 결국 그 자격증도 사용해 본 적 없이 고스란히 보관되어 있으니 비용과 시간이 모두 헛된 것 같았다.

나에게 젊으니 기회가 많다며 공부를 하라고 조언하는 사람들에게 대답 대신 웃음만 지었다. 부정도, 긍정도 아닌 모호한 행동이었다. 나의 비용과 시간을 공부 한다고 머리를 싸매며 책상 앞에서 보내는 것이 싫었다. 내가 하고 싶은 것이 생기면 그때 하면 된다고 시간을 헛되이 흘려보내는 것을 합리화했다. 어느 드라마의 제목처럼 '아직 최선을 다하지 않았을 뿐'이라고, 최선을 다할 강력한 무언가가 있으면 할 것이라고 생각했다. 무엇에도 집중하지 않았다. 어느 날은 책을 읽기도 하고, 어느 날은 강의를 듣기도 하고, 어느 날은 가만히 멍때리기도 했다. 과거에는 '취직을 위해서 자격증 공부라도 해야지.' 같은 막연한 목표라도 있었다. 그러나 직장을 가진 뒤로는 주어진 하루를 잘 보내는 것이 전부였다. 지극히 평범한 삶이어도 충분했다.

큰아들의 치과치료를 마치고 오는 차 안이었다. 이야기 끝에 아들은 "나는 꿈이 백수야."라고 말을 했다. 아들이 조금 더 어렸을 적엔 전투기 조종사, 건축가, 레고 만드는 사람 등 꿈이 많았는데, 백수라는 말에 적잖게 충격을 받았다. 장난으로 하는 말이겠지 싶어 아이에게 백수 뜻을 물었다. 아들은 아무것도 하지 않는 사람이라고 정확하게 말했다. 큰아들이 초등학교 2학년 때의 일이었다.

나는 아이에게 속사포 랩처럼 폭풍 잔소리를 쏟아 냈다. 아무것도 하지 않으면 어떻게 살 것인가? 생활에는 돈이 필요한데 아무것도 하지 않고 어떻게 돈을 벌 것인가? 돈이 없으면 무엇을 먹고 살 것인가? 전기세, 수도세, 가스 요금은 어떻게 낼 것인가? 엄마, 아빠가 나이 들어 일을 못하게 되면 그때는 돈이 없을 텐데, 어떻게 할 것인가? 혼자 흥분해서 말을 하니 아들은 내 말을 듣지도 않고 창밖만 바라보고 있었다. 듣기 싫은 잔소리한다는 것을 본능적으로 알고 있는 듯했다. 나는 그런 아들의 모습에 속이 터지는 보통의 엄마였다.

집에 도착해 아이와 할 일에 대한 의견을 조율했다. 자기주도 학

나는 번아웃이었다

습을 핑계로 아이가 매일 해야 할 일에 대한 목록을 보름에 한 번씩 작성하는 시간이었다. 스마트폰은 몇 시간이 적당한지, 매일 빠지지 않고 반드시 해야 할 것은 무엇인지, 보름 동안 꼭 해보고 싶은 일은 무엇인지 서로 상의했다. 지켜야 하는 약속을 같이 정한다고 했지만, 대부분은 나의 주도로 이루어지는 것들이 많았다. 정작 나는 자기계발 같은 노력이라고는 아무것도 하지 않으면서 힘들고, 싫다는 아들에게 설득인 척 강요하고 있었다. 남편은 나를 모순덩어리라고 표현했다.

부모는 아이의 거울이다. 《아이를 보면 부모가 보인다》라는 책도 있듯, 부모는 아이의 역할 모델이다. 아이는 부모의 일상적인 행동을 무의식중에 모방하며 자란다. 부모는 가장 가까운 선생님이자, 가장 좋은 교과서인 셈이다. 아이는 부모의 언어, 습관, 행동을 배우고, 부모의 양육태도와 소통을 통해 타인과의 관계와 사회성을 배운다고 한다.

아이가 나처럼 살지 않기를 바라면서 아들의 거울인 나는 아무것도 하지 않았다. 아들이 나처럼 무기력한 태도를 닮아 가고 있는 것 같아 조금 불안해졌다. 내 아이가 나처럼 살지 않게 하려면 내가 먼저 조금씩 달라져야 했다. 어제보다 오늘이, 오늘보다 내일 더 달라져야 할 이유였다.

지긋지긋한 삶의 연속

변화해야겠다고 다짐하면서도 정작 실행에 옮기기까지 많은 시간이 걸렸다. 정작 실행을 해도 며칠 가지 못하는 날이 많았다. 새벽 4시 30분에 일어나서 모닝 달리기를 하려는 거창한 계획을 세웠다. 처음에는 4시 30분, 다음 날엔 4시 45분, 그다음 날엔 5시가 되었다. 어느 날은 비가 와서, 어느 날은 너무 추워서 등 온갖 핑계를 대며 게으름을 합리화했다. 그렇게 몇 번 시도하다 실패하면 "나는 안 돼."라는 생각이 들어 차라리 아무것도 하지 않는 것이 마음 편하다며 다시 무기력해졌다. 나의 첫 미라클 모닝은 실패였다.

새벽에 일찍 일어나는 것이 힘드니까 그렇다면 나만의 미라클 모닝을 만들어야겠다고 생각했다. 출근해서 매일 10분, 책을 읽기로 다짐했다. 이번에는 아이 친구 엄마들 단톡방에 인증샷을 남겼

나는 번아웃이었다

다. 인상 깊은 문장에 밑줄을 쳐서 메시지를 공유했다. 열심히 노력하며 사는 것 같아 동기부여가 되었다. 나름 작은 노력에 만족했지만, 주말이 되니 언제 그랬냐는 듯 무기력해졌다. 반복이었다. 이만하면 내 안에는 강력한 게으름의 DNA가 존재하는 것이 확실했다.

무언가를 시도하려고 하면 늘 아버지의 전화가 걸려와서 마음을 헤집어 놓았다. 아버지와의 갈등을 피하고 싶어서 분가를 하고도 매일 아침 친정집에 들러야 했다. 다른 사람들은 문안인사를 드리는 효녀라고 했지만, 실상은 아버지의 치다꺼리를 해야 했다. 컴퓨터나 주변기계에 관련된 내용이면 더욱 그러했다. 딸이니까 당연히 해줄 수 있지 않냐고 반문하는 사람들 많았지만, 하루에도 20통이 넘는 전화를 받았다. 바쁜 일이 있어 전화를 못 받으면 사무실로 기어이 전화를 하셨다. 심지어는 노트북 전원 코드가 빠져 있는 것을 확인하지도 않고 컴퓨터가 켜지지 않는다며 전화로 화를 내시기도 했다. 바쁘니까, 당신 일이 중요하니까, 백번 양보해서 그럴 수 있다고 쳐도 시도조차 하지 않으시는 모습은 늘 나를 분노하게 했다. 하루는 아침에 급하게 전화가 와서 집에 들렀다가 가라고 하시길래 무슨 중요한 일인가 했다. 집에 가니 오늘 내에 팩스를 보내달라고 서류를 주셨다. 그날은 정말 머리 꼭대기까지 화가 났다. 집에서 50 발자국만 가면 우체국이었다. 우체국에서는 금액만 지불하면 팩스를 보내주었다. 당신이 하실 수 있는 일임에도 굳이 나를 불러다 잔

일을 시키는 태도에 화가 났다. 아침부터 있는 힘껏 소리를 질렀다. 그날 하루 종일 일이 제대로 손에 잡히지 않았다. 단순히 팩스를 보내달라는 사소한 일임에도 그동안 쌓인 것들이 폭발했다.

아버지가 미웠다. 당신이 순탄치 않은 삶을 살아오신 것을 모르는 바는 아니었지만, 늘 가족은 뒷전이었다. 말로는 가족을 위한다고 했지만, 독단적인 태도는 나를 지치게 했다. 하고자 하는 일이 원활하게 풀리지 않으면 사소한 일에도 신경질적이었고, 화를 참지 못하셨다. 일이 해결되고 나면 더없이 좋은 아버지였지만, 그 사이에서 상처받는 것은 가족들의 몫이었다. 타인의 말에 좀 더 귀 기울여 주면 좋으련만 아버지의 태도가 바뀌기를 바라는 것은 내 욕심이었다. 그럴 때면 미워하는 마음이 너무 커져서 아무것도 하고 싶지 않았다. 퇴근 후 집에 돌아가면 아이들이 툭탁거리며 다투는 소리도 듣고 싶지 않았다. 매번 아버지가 감정 조절을 못한다고 책망했지만, 나 역시도 내 감정을 조절하지 못하고 아이들에게 고스란히 불쾌한 부분을 내비치기도 했다.

어느 집에나 걱정거리, 문제 되는 일 하나쯤 있기 마련이다. 나의 문제는 아버지였다. 뭔가 억울한 생각이 들었다. 내가 우리집의 걱정거리가 되기로 마음을 먹고 삐뚤어져도 아버지의 태도는 변하지 않았다. 아버지와의 갈등에서 마음의 상처가 나는 날이면 아무것도 할 수가 없었다. 회복이나 화해도 없이 계속 상처를 덮어만 두었다.

나는 변아웃이었다

삶은 연속이었고, 덮고 지나가고 나면 숱한 갈등과 원망, 미움의 반복이었다. 지긋지긋했다.

얼마 전 아버지에게서 전화가 왔다. 외출 중이라 확인이 어려운데 일이 잘못된 것 같다며 자주 접속하시는 사이트에서 상세 내용을 좀 알아봐 달라는 부탁이었다. 정확한 확인을 위해 아이디가 뭐냐고 여쭤봤을 뿐인데 다짜고짜 화를 내셨다. 당신이 알면 내게 부탁하겠냐고 되려 큰 소리를 치셨다. 당신 아이디를 왜 모르냐며 따져 물었지만, 이미 내 말은 귀에 들어오지 않고 역정을 내시기만 했다. 전화로 나에게 이 정도로 화를 내고 있었으니 옆에 계신 어머니에게는 오죽하시겠나 싶었다. 결국 자주 사용하는 아이디 2개를 모두 확인하고 결과를 알려드렸다. 그랬더니 그제서야 업체 측의 실수로 문자가 잘못 전달되었음을 알게 되셨고, 화를 가라앉히셨다. 너무 황당해서 화도 나지 않았다.

오은영 박사님의 《화해》라는 책에 이런 내용이 나온다. 상대에게 마음이 상했을 때 '내 마음이 많이 상했으니, 충분히 만족스럽게 해 줘'라는 태도를 가지면 문제는 해결될 수 없다고 한다. 상대가 사과하면 내 마음에 완벽하게 마음에 들지 않더라도 사회적, 보편적인 기준에서 받아들이고 일을 마무리해야 한다고 조언한다. 계속 그일에만 매달려 있으면 다른 일을 할 수 없다. 지치고 힘들겠지만 내가 마무리하기 위해서는 내 마음을 선택해야 한다. 그래야 조금은 달라질 수 있다고, 그 작은 변화가 화해의 시작이라고 말한다.

다음 날 아버지는 아무렇지 않게 전화를 해서 또 일을 부탁하셨다. 깊은 빡침이 올라왔다. 나는 풀리지 않는 감정을 가지고 아버지와 대화하고 싶지 않았다. 아버지의 태도를 바꾸는 것은 내가 할 수 있는 일이 아니라는 것을 인정해야 했다. 나는 내 감정을 풀어야 했다. 그건 나의 몫이었다. 나는 감정을 꾹꾹 참아가며 정확하게 말씀드렸다.

> "어제 저한테 화를 내며 말씀하신 부분에 대해서는 사과해 주세요. 저는 도와드리려고 했는데, 제 말을 듣지도 않고 화만 내셔서 저는 몹시 기분이 나빴습니다. 앞으로 저와 통화할 때 혼잣말이라도 화내거나 욕하지 마세요. 오늘 일을 부탁하기 전에 어제 일에 대한 사과 먼저 해주세요."

아버지는 본인의 일을 처리하기 위해, 어쩔 수 없이 미안하다고 사과를 하셨다. 매번 따지듯이 말하는 내 말투에 화가 났다며, 그리고 어제는 피치 못할 일이었다며 당신의 행동을 정당화했다.

부탁 전에 사과를 해달라는 나의 요구에 어쩔 수 없이 사과를 한 것이어도 괜찮았다. 내 감정을 솔직히 말하고 나니 한결 마음이 나아졌다. 감정이 상했지만, 더 길게 생각하지 않게 되었다. 거기서 끝이었다. 나는 투덜거리면서도 부탁을 들어 드렸다.

여전히 아버지에게서 전화가 걸려온다. 휴대폰에 아버지의 전화번호가 뜨면 한숨부터 쉰다. 오늘은 또 무슨 일인가. 퉁명스럽게 "네." 하고 받으니 "바쁜데 미안한데 한 가지 물어보자."라며 운을 떼신다.

3

자기계발은 사치다

아버지의 사업으로 초등학교 5학년 때 이사를 갔다. 이사 간 동네엔 딱 세 가구가 살았다. 동네 친구라고는 당시 전교 1등을 하던 책벌레라는 별명을 가진 친구, 임 씨뿐이었다. 나는 초등학교 시절엔 뛰어놀기를 좋아하는 천방지축이었다. 친구들과 어울려 노는 것을 좋아하는 외향적인 아이였다. 나와는 반대로 임 씨는 사람들과 엮이는 것을 귀찮아했다. 늘 혼자 조용히 책을 읽었고, 머리가 복잡할 때면 이어폰을 꽂고 동네를 걸어 다녔다. 두 시간이고, 세 시간이고 걸어 다니며 혼자 시간을 보내는 지극히 내향적인 아이였다.

임 씨의 어머니는 좀 엄격하신 편이었다. 매일 해야 할 공부를 마치지 않으면 노는 시간을 허락해 주시지 않으셨다. 친구가 놀러와도 예외는 없었다. 나는 동네에 하나뿐인 친구와 놀기 위해 임 씨의 집으로 수학 문제집을 들고 갔다. 수다를 떠는 것이 주목적이었던 나는 내키지 않아도 그 친구와 같이 문제집을 풀어야 했고, 같이 공부를 해야 했다. 맹모삼천지교가 괜히 나온 말이 아닌가 싶을 정도로 덕분에 내 성적은 향상되었으니 좋은 영향도 많이 받았다.

학원을 다니지 않는 나와 그 친구는 집에 오려면 마을버스를 시간 맞춰 타야 했다. 한 시간 간격의 마을버스를 기다릴 때면 버스정류장 앞 책 대여점에서 주로 시간을 보냈다. 임 씨는 드라마나 예능 프로와 같은 TV를 보지 않았다. 당시 시골 촌 동네에는 초고속 인터넷이 보급되지 않았던 때였기에 공통된 대화 주제가 없었다. 그 친구와의 대화는 만화책을 포함한 책에 대한 이야기가 전부였다.

처음에는 그 친구가 나를 굉장히 귀찮아했다. 수다스러운 내 모습을 매우 싫어했던 것 같다. 학교에서 영재라는 소리를 들을 정도였으니, 또래 여자아이들의 대화가 아주 유치하다고 생각했을지도 몰랐다. 그렇게 5년 정도 같은 동네에 살다 보니 친구의 성향을 닮아가는 부분도 있었다. 그중 하나가 책 읽기다. 임 씨 덕분에 나는 책을 읽는 것을 좋아하게 되었으니, 고마운 친구임에 틀림없다.

나는 장르를 가리지 않고 책을 읽었지만, 그래도 가볍게 읽히는 책을 선호했다. 20대 때는 자기계발 서적을 주로 읽었다. 저자의 말대로 실천하면 내 안의 잠재된 가능성을 발견하고, 한 걸음 더 나아가 내 세상이 바뀔 것만 같았다.

군대에서 선배들이 청소를 제대로 하지 않았다며 사소한 꼬투리를 잡을 때도 책의 내용처럼 긍정적으로 생각하려고 노력했다. 성공한 사람들은 대부분 잠자는 시간을 아낀다고 해서 밤샘 야간근무가 끝나면 하루 5시간 이상 자지 않으려고 노력했다. 뚜렷한 목표나 방향성은 없었지만, 어떻게든 무언가를 해야 한다는 의무감이 있었다. 운동, 독서, 자격증 공부, 학업 모두 내 의지나 욕구보다는 책에서 조언한 대로 살면 성공할 것이라는 막연한 기대 때문이었다.

많은 자기계발 서적에는 개인의 노력을 강조했다. 개인의 의지만 있으면 무엇이든지 할 수 있다는 희망적인 메시지를 전달했다. 젊으니까 무조건 열정을 가지고 열심히 하라고 채찍질했다. 실패에 대한 이야기 대신 성공에 대한 이야기만 있는 것 같았다. 현실과 너무 달랐다. 내가 힘들어하는 이유가 나의 약한 의지 때문인 것 같았다. 처음에는 위로를 받고 동기부여가 되었던 책이 점점 고통이 되자 편견 없이 다양한 책을 읽었던 나는 자기계발서 종류의 책은 쳐다보지도 않았다.

아이를 출산하고부터는 육아나 자녀교육에 관련된 서적을 주로 읽었다. 육아서대로만 하면 이상적인 엄마가 될 수 있을 것 같았다. 자녀 교육서대로만 하면 아이를 영재로도 키울 수 있을 것 같았다.

하지만 아이가 잠을 자지 않고 보채는 날이면 나도 덩달아 예민해졌다. 집은 치워도 치워도 끝이 없었다. 현실은 육아서처럼 우아하지 않았다. 아이의 상황과 의견을 존중해 주는 말을 해야 한다고 책에서 말했지만, 현실은 "야!" 하며 소리를 먼저 질렀다. 하은맘 작가의 《닥치고 군대 육아》가 그나마 나의 현실을 위로해 줄 뿐이었다. 육아에 지치는 날이 많아지면서 육아에 관련된 책도 멀리했다.

큰아이가 네 살이 되면서 출판사 영업사원의 꼬임에 넘어가 몇 백만 원 하는 전집을 할부로 구매했다. 책을 좋아하는 아이로 자랐으면 좋겠다는 생각에서 큰돈을 들여 구입한 것이었다.

정작 그림책은 아이보다 나의 위로가 되었다. 지역 여성 센터에서 개강한 '그림책 하브루타'라는 강의를 통해 그림책에 빠졌다. 나는 그림책을 활용하여 아이와 소통하고 싶었다. 강의를 들었지만 어떻게 해야 하는지 방법을 잘 알지 못했다. 타 지역에는 이미 그림책 토론, 영어 그림책 읽기와 같은 좋은 강의들이 개설되어 있었다. 그러나 시간을 내서 참여하는 것은 부담이었다. 아이가 어리다는 핑계, 돈과 시간이 없다는 핑계를 대며 미뤘다. '아이를 키우는 엄마들에게 자기계발은 사치야!'라고 합리화하기도 했다.

운동도 마찬가지였다. 어린이집에 아이를 등원시킨 후 매일 가벼운 등산을 하기로 결심하고 시작하면 3일을 못 버티고 그만두었다. 효녀도 아니면서 편의점 근무로 잠이 부족한 어머니를 교대해 드려야 한다는 핑계를 만들었다. 새벽 운동을 가면 '아이가 깨서 찾으면 어쩌지!' 하는 마음이 들었다. 할 수 없는 이유만 만들어 냈다.

자기계발에 갈증을 느낀 가장 큰 이유는 현재 나의 상태가 만족스럽지 않기 때문이었다. 다른 사람들의자기계발 방법은 나의 현재를 바꿀 수 있을 것이라 생각했다. 진짜 내가 무엇을 원하는지도 모른 채 자기계발이랍시고 하는 일들은 꾸준히 될 리 없었다. 잦은 실행과 포기로 나는 불가능한 사람이라 생각했다. 차라리 아무것도 하지 않고, 아무 일도 일어나지 않는 것이 마음이 편했다. 그렇게 무기력한 마음이 점점 커졌다.

어머니는 60세가 다 된 늦은 나이에 디지털 대학원에 입학하셨다. 늘 배움이 부족하다고 갈망하시던 어머니임을 잘 알았기에 때늦은 공부를 독려했다. 컴퓨터가 익숙하지 않은 어머니를 위해 응원하는 마음으로 적극적으로 도와드렸다.

대학원 입학을 위해 비대면 면접이 진행되었다. 화상으로 면접을 치르는 것이 생소했던 탓에 집으로 노트북까지 챙겨 오신 어머니를 도와드려야 했다. 나는 자리에 없는 척하며 어머니의 면접을 지켜보았다. 학업계획을 말해보라는 면접관의 질문에 다른 면접자들은 유려하게 답을 했다. 학업을 바탕으로 자신의 사업체에 적용해 보겠다며 거창한 연구계획을 말하는 사람도 있었다.

어머니는 쟁쟁한 경쟁자들 앞에서 '부족하지만 무조건 열심히 해보겠다.'는 말만 반복하셨다. 다른 면접자들에 비하면 형편없는 학업계획이었지만, 어머니는 결국 대학원생이 되셨다. 어머니의 진심이 면접관들에게도 통한 것이었다.

　요즘 어머니는 대학원 수업을 들으며 틈틈이 한자와 영어를 공부하신다. 과제를 제출해야 하는 날이면 손으로 표를 그리고 글을 쓴 다음 나에게 도와달라고 슬쩍 내미신다. 그럼 또 나는 어머니의 간절함을 알기에 워드로 작성해서 과제를 제출할 수 있도록 돕는다.

　60세가 되어서도 원하는 것을 얻기 위해 노력하시는 어머니를 통해 나를 돌아본다. 성질 급한 아버지와 사시면서도 포기 대신 나아가는 것을 택하신 어머니의 삶을 보며 나의 10년 뒤를 그려본다. 나는 과연 뜨겁게 원하는 것이 있었던가. 이대로 멈춰 있어서는 안 된다는 생각이 들었다.

4

매일 만나는 맥주 2캔

뜬금없는 자기 고백이지만 나는 술을 좋아한다. 물론 처음부터 술을 좋아한 것은 아니었다. 어릴 적 사업 평계로 술을 자주 드시는 아버지의 모습을 봤기 때문에 술이 싫었다. 군대에서 배운 회식 예절은 술을 전투적으로 마시게 했다. 선배 한 잔 나 한 잔, 부장님 한 잔 나 한 잔, 그렇게 주고받다 보면 늘 적정량보다 과음하게 되었기에 회식은 기피 대상이었다.

술은 마시다 보면 점점 는다고 했던가. 마음이 맞는 선배와 고된 하루를 안주 삼아 어쩌다 막걸리라도 마시는 날이면 스트레스가 풀렸다. 사람들과 어울려서 마시는 것도 좋았고, 혼자서 조용히 마시는 것도 좋았다. 술이 더이상 부담스럽지 않게 되면서 자주 술을 마셨다. 군 복지 차원에서 간부들을 대상으로 저렴하게 술을 구입할 수 있는 것도 나의 애주에 한몫을 보탰다. 미워하는 사람의 가장 미운 부분을 닮는다고 하더니, 술을 좋아하는 것도 꼭 아버지를 닮은 모양이었다.

시댁 형님과 나는 좀 특별한 관계이다. 서로를 부러워하고 시샘하면서도 서로를 의지하고, 각자의 아픈 부분을 보듬어 주는 좀 이상한 관계다. 남들은 형님, 동서 간에 우리처럼 지내는 집이 없다고 한다. 하나뿐인 동생을 대장암으로 먼저 보낸 형님에게 나는 동생 같은 존재인 것 같았다. 그뿐 아니라 붕어빵처럼 똑같은 성향을 가진 각자의 남편을 데리고 사는 전우애로 뭉친 동지였다. 각자 친정이 주는 삶의 무게에 힘들어했기에 서로에게 위안을 주는 친구이기도 했다.

술을 잘하지 못하는 남편들 때문에 형님과 나는 친구들을 만나술을 한 잔 마시고 늦는 날이면 부부간에 갈등이 생겼다. 애주가인형님과 내가 술을 많이 마실 수 있게 허락되는 날은 서로의 남편과 함께 만나는 날이나 시댁 가족 행사 때였다. 시부모님은 며느리들의 자유로운 분위기를 좋아하셨다. 술을 못 마시는 아들을 대신해 시아버지와 술을 한잔씩 마시곤 했다. 일찍 주무시는 시부모님을 뒤로하고 주방에서 시누이와 함께 여자들끼리 새벽 3~4시까지수다를 떨면서 맥주를 마시는 일은 친구를 만나는 것만큼 재미있는 일이었다. 맥주 몇 잔으로 사는 이야기, 힘든 이야기들을 자연스럽게 나누다 보니 서로를 더 잘 이해하는 관계가 되었다.

술을 마시면서 사람들과 이야기를 하는 것이 좋았다. 술을 마시는 날에는 잠도 잘 왔다. 혼자 마시는 것도 좋았다. 울적한 날에 술을 마시면 슬퍼지지 않았다. 퇴근한 후 저녁을 준비하면서 마시는 맥주 한 캔은 피로회복제였다. 그렇게 매일 술을 마셨다. 처음에는 남편도 집에서 마시는 것을 이해하고 넘어갔다. 그러나 서서히 살이 찌기 시작했다. 직장을 다시 다니면서 감량되었던 체중이 1년 만에 8Kg이나 늘었다. 술을 그만 마셔야 했다. 형님도 나와 비슷했다. 우리는 아침마다 문자메시지를 주고받으며 오늘은 술을 먹지 말자고 서로 다짐했다. 그러나 다짐이 무색할 정도로 퇴근길에 참새가 방앗간 들리듯 편의점에서 맥주를 샀다. 한 캔만 사면 비싸니까 4캔 만 원으로….

밖에서 마시지 않고 집에서 마시니까, 많이 마시지 않고 하루에 한두 캔이니까, 술을 마셔도 할 일은 다 하니까 등등, 온갖 이유를 들어 술을 마셔야만 하는 이유를 찾았다. 다 잘 먹고 잘살자고 하는 일인데, 퇴근 후 맥주 두 캔으로 인생이 즐겁다면 살만한 인생 아닌가 싶었다. 술을 마시는 것은 살면서 느끼는 소소한 즐거움이었다.

그러나 한편으로는 알코올 의존증을 의심하기도 했다. 의지와 다르게 매일 마시는 술이 문제가 될 수도 있다는 생각에 겁이 나기도 했다. 술을 마시지 않은 날도 있었다. 그러나 매일의 음주습관은

나는 번아웃이었다

술을 마시지 않은 저녁시간을 무료하게 느끼게 했다. 그렇게 며칠이 지나면 힘들었으니까 한 잔, 더우니까 한 잔 하며 다시 술을 마셨다.

우리집은 저녁식사 시간이 빠른 편이라 퇴근하면 시누이와 아이들이 먼저 식사를 마칠 때가 많았다. 유난히 퇴근이 빨랐던 어느날, 아이들이 엄마와 같이 저녁을 먹겠다며 기다리고 있었다. 저녁 메뉴는 우동이었다. '오늘은 절대 술을 먹지 않겠어.'라고 다짐하며 술을 사지 않았으나 우동은 훌륭한 안주였다. 집에 남아 있는 술이라고는 와인 반병이 전부였다.

한참 우동과 와인을 마시는데 딸이 술이 맛있냐며 물어왔다. 나는 피식 웃으며 너희도 술이 언젠가는 맛있는 날이 있을 것이라고 대답했다. 평소 마시던 컵과는 다른 와인 잔이 그럴싸해 보였는지 딸이 와인 냄새를 맡았다. 아이에게 와인 향은 맛있는 냄새가 아니었을 것이다. 딸은 '웩'하고 토하는 시늉을 했다. 그러자 아들이 결의에 찬 목소리로 "난 절대 술을 마시지 않을 거야!"라고 이야기를 했다. 아들은 술 취한 모습이 싫어 술을 절대 마시지 않을 것이라고 강조했다.

남편은 술을 잘하지 못한다. 체질적으로 술을 먹으면 얼굴이 빨개져서 술을 마시는 것은 연례행사와도 같다. 순간, 아이는 누구의 술 취한 모습을 보고 싫다고 하는 것인가? 고민했다.

어릴 적 아버지의 술 마시는 모습이 싫었던 내 모습이 생각났다. 초등학교 4학년 때의 생일을 또렷이 기억한다. 아버지는 사업차 미팅이 있다며 출장을 가신 후 그날 말도 없이 집에 들어오지 않으셨다. 가끔 있는 일이었지만, 하나밖에 없는 딸의 생일인데도 전화 한 통 없었다. 다른 친구들은 생일날 가족끼리 외식도 하고 축하도 받으며 즐겁게 보낸다고 했다. 우리 아버지는 원래 무심한 사람이니까, 애써 위로하며 어머니와 조촐히 미역국을 먹었다. 나보다 더 속상해하는 어머니의 모습에 괜찮은 척을 했다. 다음 날, 고모부가 케이크를 사 들고 오셔서 전날의 생일을 축하해 주시는데 그제야 눈물이 떨어졌다. 아버지를 대신 한 고모부의 늦은 생일 축하에 감사의 마음과 서러운 마음이 동시에 들었다. 내가 태어난 날을 기념하는 생일이 기쁘지도, 행복하지도 않았다. 아버지는 그날 저녁에도 술에 잔뜩 취해 늦게 들어오셨다. 내 생일은 당연히 기억도 못하셨다. 다음 날까지 늦도록 주무시는 아버지의 모습은 내가 술을 싫어하게 만든 원인이었다.

내가 태어나기 전에 돌아가신 할아버지도 동네에서 술 좋아하기로 유명하셨다고 했다. 아버지도 술을 즐겨 드시고 나도 술을 좋아한다. 술 마시는 모습이 그렇게 싫었는데, 나도 똑같은 모습을 아들에게 보여주고 있었다. 술 마시는 모습을 보며 아버지처럼 살지 않

나는 별아웃이었다

겠다고 다짐했던 적이 있었다. 아들도 내 모습을 보고 나처럼 살지 않겠다고 느낄지도 몰랐다. 감정을 대물림할 순 없었다.

이제는 스스로에게 지나친 허용을 하지 않기로 한다. '한 잔이니까', '많이 마시는 거 아니니까'와 같은 핑계를 대지 않기로 한다. 퇴근하고 취침까지 겨우 몇 시간, 그 시간을 술 없이 보내기로 한다. 몇 시간만 참아 본다. 주 7회에서 주 2회로 음주 횟수를 줄였다. 엄마라는 가장 강력한 동기부여로 금주 습관 한번 길러본다.

5

너의 열정이 부럽지만… 난 못해

군에서 퇴역한 후 사람 만나는 것을 꺼려했다. 대인기피증까지는 아니었지만, 누군가를 만나는 것 자체가 싫었다. 자연스럽게 만나는 것은 어쩔 수 없었지만, 굳이 새로운 사람을 사귀려고 하지 않았다. 사람들과 얽히는 것 자체가 귀찮았다. 사람을 만나면 나도 모르게 상대의 성향을 파악하고, 내가 다른 사람들에게 비춰지는 모습을 걱정했다. 마음의 에너지를 소모하는 일이었다. 나의 의도와 상관없이 많은 사람의 구설수에 오른 것을 군대에서 경험한 적이 있었다. 사실이나 진위 여부와 관계없이 나를 중심으로 떠도는 말들에 지쳐있었다. 사람이 지긋지긋했다.

과거의 내가 나서길 좋아하는 적극적인 사람이었다면, 다년간의 군 생활을 하면서 나는 시키는 것만 하는 수동적인 사람으로 변해

갔다. 일을 잘하면 일을 많이 떠맡게 되는 것도, 일을 못하면 튀어보이는 것도 싫었다. 책임감 때문에 주어진 역할만 하는 사람이 되어갔다. 그렇게 엄마의 역할, 아내의 역할에 충실한 삶을 살았다. 나는 없었다.

　지인 중에 인플루언서의 삶을 사는 K가 있다. 나에게 K는 대단한 사람이었다. 목표가 뚜렷했고, 돈을 많이 벌고 싶어했으며, 늘 성공한 삶을 꿈꿨다. 전업주부로 10년을 넘게 보내면서도 육아와 가사일은 물론이고 주식, 부동산, 경매 등 경제공부를 꾸준히 하고 있었다. 모르는 것이 있으면 적극적으로 다른 사람들을 찾아가 도움을 요청했다. 자기계발을 위해 강의를 들으며 끊임없이 나아가고 있었다. 직장을 다니진 않았지만, 블로그를 운영하며 수익을 내고 있었고, SNS에 자신을 의도적으로 노출시켜 사람들과 소통했다. 운동하는 모습을 공유하여 건강한 주부, 건강한 엄마로서의 이미지를 부각시켜 자신을 브랜드화하는 전략으로 수익을 내며 노력하는 삶을 사는 중이었다.

　K는 자신의 SNS에 운동, 기도, 자기계발 등 다양한 게시글을 올렸다. 많은 사람들이 K의 일상에 긍정적으로 반응했다. '좋아요'나 '팔로워'는 순식간에 늘었다. K에게 운동복, 운동화, 건강보조식품, 화장품 등의 제품 협찬도 들어왔다. K의 사용 후기는 자연스럽게 광고로 노출되었다. SNS상에 보이는 40대 주부의 건강한 삶은 K

의 마케팅 포인트가 되었다. 처음에는 제품 홍보로 시작했던 일이었다. 이후에는 공동구매를 통해 소비자에게는 저렴한 가격으로 제공하고, K는 판매자가 되어 수익의 일부를 정산 받았다. K는 스마트 스토어를 운영하고 있었는데, SNS 계정이 커지면서 점점 시너지 효과가 나타났다. 수익은 내 월급보다 훨씬 많은 날도 있었다. 하루 중 짧게 몇 시간 일하는 것만으로도 수익을 내는 프리랜서의 삶은 시간적인 면에서 직장인보다 훨씬 이득이었다.

사람 관계에 지쳐있던 나는 K를 응원하면서도 한편으로 걱정했다. 온라인이든, 오프라인이든 사람과의 원활한 소통은 좋았지만, 그것이 반드시 긍정적인 소통이라고 단정 지을 수 없었기 때문이다. K의 모습을 시기, 질투하는 사람이 생겨날 수 있다는 앞선 걱정이 들었다. 온라인은 익명성이 보장되어 사실 여부와 관계없이 구설수에 오를 수 있었다. 가족들, 친구들의 반응도 걱정이었다. 18년을 알고 지낸 나도 인플루언서로서의 K의 모습이 생소할 때가 있었기 때문이다. 내 걱정과 달리 K는 의외로 아무렇지 않았다. 가족이나 친구들의 반응을 일일이 체크할 시간도 없이 다양한 사람들과 소통하고 있다는 것이 그 이유였다. K에게 여러 사람들과 얽히다 보면 분명 속상한 일이 생길 수도 있다고 조언했지만, K는 인플루언서의 삶을 포기하지 않았다.

K는 제품을 제공하고 판매하는 것 이상으로 활동했다. 공동구매를 진행할 때마다 어떻게 소비자에게 정보를 전달할 것인지 연구했다. 일반 광고와의 차별을 주기 위해 어떠한 마케팅 포인트를 잡아야 할 것인지 치열하게 고민했다. 부족한 장비와 실력이었지만, 라이브 커머스를 준비해 보기도 하고, 생산 제품이 없으니 좋은 업체를 직접 찾아가 보는 등 적극적인 노력을 했다. 그뿐만 아니라 K는 매일 미라클 모닝을 실천하고, 하루 운동과 매일 독서를 통해 꾸준한 자기계발을 지속했다. 블로그에 감사 일기를 썼고, 기도를 통해 자신이 원하는 성공에 보다 가까워지고 있었다. K는 한번 해내고자 마음먹으면 끝까지 해내는 의지가 강한 사람이었고, 하고자 하면 확실하게 해내는 열정이 가득한 사람이었다.

나는 K의 열정과 노력이 부러웠다. 끊임없이 노력을 하며 자신이 원하는 방향으로 삶을 이끌어 가는 주도적인 방식에 감탄했다. 분명 얼마 전까지만 해도 평범한 옆집 아줌마였는데 몇 년 사이에 K는 다른 사람이 되어 있었다. 나는 진심으로 K를 응원했다. K가 잘되면 나도 잘될 것만 같은 기분이었다.

분명 그녀는 내게 좋은 자극이 되었지만, 나는 그렇게 열정적으로 살 수 없을 것 같았다. 지치지 않을 자신이 없었다. 포기하지 않을 확신도 없었다. 절망이나 좌절이 싫어서 의도적으로 하지 않았던 나의 포기 방식과 무기력은 어느새 습관이 되어 있었다.

영민 작가의 《난 네가 부러워》라는 그림책에는 자신의 단점을 고민하는 아이들의 이야기가 나온다. 그러나 다른 친구들의 "난 네가 부러워."라는 말을 통해 단점 뒤에 보이는 특별함을 장점으로 칭찬한다. 자신이 가진 단점에만 집중하지 않고 생각의 전환을 통해 자신이 가진 성격이나 특징이 모두 개성으로 존중받고 사랑받아야 한다는 긍정적인 메시지를 던진다. 그림책에는 자신의 곱슬머리가 고민이었던 친구는 여전히 꼬불거리지만, 이제는 자신의 곱슬머리가 좋다고 말하며 '너는 어때?' 하고 물어온다.

내 모습을 한 번 돌아본다. 계획을 잘 세우지 못해 무슨 일이든 꾸준히 하지 못하는 나의 단점 뒤에 보이는 다른 면을 찾으려 노력해 본다. 계획성은 없지만, 돌발 상황에 융통성을 발휘해 문제를 해결했던 긍정적인 경험을 한 번 떠올려 본다. 거울을 보며 무표정의 내 모습 대신 억지로 웃음 한 번 지어본다. 단점을 수긍하고 장점을 찾아보고 인정한다. 나는 사랑받을 만한 사람이라고, 스스로가 훨씬 가치 있는 사람이라는 생각이 든다.

내 일보단 남의 일

나는 친한 지인들 사이에서 '오지랖이 태평양'으로 통한다. 남의 일을 내 일처럼 잘 도와주기 때문이다. 뭐든지 다해 주는 '예스맨' 은 아니지만, 누군가 나에게 질문하면 내가 알거나 겪은 내용에 대해서는 자세히 설명해 주려고 하는 편이다. 모르면 찾아보고 같이 고민하기도 한다. 내가 좋아하는 사람들이 내 도움을 필요로 해서 도와줄 수 있다는 사실이 좋았다.

시댁 형님이 근무 중인 어린이집은 매년 아이들의 사진으로 동영상을 만들어 학부모에게 전달한다. 코로나로 인해 직접 참관이 어려우니, 어린이집 차원에서 아이들의 생활과 특별활동을 중심으로 학부모에게 보여주고 싶어했다. 교사 모두가 동영상을 만드는 것에 익숙하면 좋을 텐데, 각자 맡은 반 아이의 영상도 겨우 만든다고 했다. 교사 간 서로 돕거나 비용을 지불하여 제작하는 일은 상상도 할 수 없다고 했다.

형님은 컴퓨터를 다루는 것이 서투른 사람이다. 형님은 내가 아들의 돌잔치 때 성장 동영상을 직접 만든 것을 기억하곤 나에게 동영상 제작을 부탁했다. 어려운 일은 아니었다. 적절한 배경음과 선생님이 아이들에게 하고 싶은 말을 자막으로 써넣으니, 꽤 그럴싸한 1년 성장 기록이 되었다. 내가 만들었지만, 감동적이어서 눈물을 훔친 적도 있다. 그렇게 형님 것을 만들어 주고 나니, 평소 우리아이들을 조카처럼 대해 주시는 친한 형님과 선생님도 부탁을 해왔다. 시간이 걸리긴 했지만 나는 흔쾌히 만들어 주었고, 나의 작은 노력으로 두 사람의 어려운 고민을 해결해 준 것 같아서 뿌듯함이 느껴졌다.

가끔 아버지가 하루에서 수십 번씩 전화해서 도와달라고 하시거나 사소한 일로 부탁을 하시면 화가 날 때가 많았다. 그래도 자식이라고는 나 하나뿐인데 부모님의 일을 도와드리지 않을 수가 없었다. 특히 컴퓨터나 기계에 관련된 일은 더욱이 그러했다. 디지털 대학원에서 수업을 듣고 있는 어머니의 컴퓨터 수강과 토론, 과제 제출을 도와드리는 것은 당연했다. 매 학기 과목마다 과제가 공지되면 어머니와 함께 어떻게 과제를 해야 하는지 초안을 만들고 문서

나는 번아웃이었다

작업을 해드렸다. 관련 논문을 요약하는 공지가 뜨면 국내 학술논문을 어떻게 검색해야 하는지 알려드려야 했다. 워드 작성이 힘든 어머니가 손수 과제를 작성하시면 컴퓨터로 보기 좋게 편집하고, 업로드까지 마무리해드려야 했다.

뿐만 아니라 친한 지인에게서 취직에 대한 고민을 들으면 같이 취업 고민을 했다. 지인이 지원하는 회사에 대한 공고를 바탕으로 지인의 이력서를 일부 작성해 준적도 있다. 지인이 잘되었으면 좋겠다는 간절한 마음 때문에 내가 뭐라도 도움이 되고 싶었다. 운이 좋아 면접을 보러 가게 되면 면접 자료에 대해서 같이 토론했다. 안타깝게 취업에 성공하지 못하면 일자리 사이트에 들어가서 적극적으로 비슷한 직군의 일자리 공고를 추천하기도 했다.

남편은 이런 나를 이해하지 못했다. 왜 남의 일을 자신의 일처럼 적극적으로 나서서 도와주는지 알 수 없다고 했다. 사람들이 나를 호구로 보는 것이라고, 바보처럼 이용당하지 말라고 조언했다. 그럴 때면 나는 내가 좋아서 하는 일이라 괜찮다고 오히려 남편을 설득한 적도 많았다.

상대방에게서 감사의 표현을 받지 못할 때도 있었다. 나의 도움을 너무나 당연하게 생각하거나, 도와주고도 결과가 좋지 않았기 때문이다. 나를 우회적으로 탓할 땐 마음이 상하기도 했다. 하지만 도움을 주는 것을 그만두지 않았다. 가끔 내가 남을 도왔던 일 덕분에 나도 도움을 받을 때도 있었다. 돌아오기도 했다. 그럴 때면 다른 사람을 도와주는 일이 좋은 일이라는 것을 확신했다.

여러 사람이 한꺼번에 도움을 요청할 때는 버겁기도 했지만, 문제를 해결하고 나서 감사의 인사를 받거나, 결과가 좋으면 마음이 뿌듯했다.

봉사활동을 하는 사람들도 이와 비슷한 마음이 아닐까 하는 생각이 들었다. 15년 전, 군 생활을 할 때 같이 근무하던 사람들과 봉사활동을 한 적이 있었다. 일주일에 한 번 정도 오전 근무를 마치고 인근 보육 시설에서 초등학교 아이들의 학업을 봐주는 일이었다.

서울대, 고려대, 한국교원대생으로 구성된 병사부터 장교들까지 8명이 한 팀이었다. 나는 비록 학력으로는 조금 못 미치는 실력이었지만, 인솔자 겸 운전자 역할을 했다. 나는 초등학교 3학년 여자아이들의 영어 학습을 맡았다. 알파벳과 영어 단어 일부를 가르치는 실내 교육봉사였다. 봉사활동이라고 하기도 민망할 정도였지만, 아이들은 우리 팀을 환영했다.

보육원의 아이들은 대부분 학원을 다니지 못했다. 학교를 마치고 오면 보육원에서 나머지 시간을 보내야 했기에 누군가가 자신을 보러 오는 것을 좋아했다. 학업이 향상된다는 것보다 한 시간 넘게 공부하라고 내어준 공부방이, 자신들만의 공간이 된 것을 좋아했다. 공부가 끝나면 간식을 사 먹기도 하고, 어울려 축구를 하기도 했다. 한참 관심과 애정이 필요한 아이들은 우리 팀을 고마워하며 열정적으로 사랑을 주었다. 영어로 빙고게임을 하고, 상품을 선물하기도 하고, 학교생활을 상담하기도 했다.

헤어질 때면 아이들은 "다음엔 또 언제 와요?"라고 아쉬워했고, 다시 방문하면 진심으로 반가워했다. 아이들은 학력, 돈, 나이, 성별, 직업과 관계없이 그냥 한 사람으로 우리를 존중하고 있었다. 내가 누군가에게 도움이 될 수 있는 사람임을, 내가 쓸모 있는 사람으로 느껴졌던 경험이었다. 아이들이 고학년이 됨에 따라 시간이 맞춰지지 않았다. 자주 볼 수 없었고, 같은 팀으로 있던 구성원들의 전역으로 봉사활동은 점점 뜸해졌다. 이후 근무부서의 이동, 연평도 포격으로 인한 근무 태세 강화로 점점 방문 횟수가 줄어들면서 서서히 봉사활동도, 아이들도 잊혀졌다.

나는 내 일에 크게 관심을 두지 않았다. 해야 하는 일 이외에는 다른 것에 관심을 두고 싶지 않았다. 몸을 움직이는 것도 귀찮았고, 마음을 쏟는 것도 피곤한 일이라고만 생각했다. 신경 써야 할 무언가를 만드는 것이 싫어서 하고 싶은 일을 생각하지도 않았다. 당연히 내 일에는 아무 성과가 없었다.

친한 지인들의 부탁을 들어주는 것을 통해 알았다. 내가 진심을 다해 오지랖을 부렸던 이유는 타인의 '고마움'을 통해 스스로를 가치 있는 사람이라고 느끼기 때문이었다. 귀찮다며 무기력하게 있었지만, 사실은 나도 가슴 뜨겁게 살고 싶었다. 남을 돕는 일에서 성취감을 느끼며 대리만족하기보다 이제는 나를 먼저 생각해 보기로 한다. 오늘 나는 어떤 일을 하고 싶은지, 내가 해야 할 일은 무엇인지 점검한다. 작은 것부터 하나씩 해나가 보기로 한다.

이렇게 사는 게 잘못된 것이 아니잖아

나는 전원주택에 살고 싶은 로망이 있었다. 넓은 마당에 예쁜 꽃을 심어 계절이 변화되는 모습을 느끼며 텃밭을 가꾸고 싶었다. 반면 단독주택에 살았던 남편은 아파트 생활을 더 선호했다. 주택은 관리비가 없는 대신 틈나는 대로 집을 보수해야 했다. 할 일이 많다는 것을 알고 있었기 때문이다. 남편은 부대에서 배를 고치는 일을 했다. 배에 필요한 장비를 만드는 일을 했지만, 정작 집의 문손잡이도 교체해 주지 않는 사람이다. 그래서 남편은 손이 많이 가는 시골 생활보다 도시생활을 더 선호하는 편이다.

코로나가 장기화되면서 마음껏 외출할 수 없었다. 남편의 직장에서는 타 지역 이동을 자제하라고 권고할 정도였다. 여행이나 휴가는 어림도 없었다. 나는 집에서 30분 거리에 있는 주말농장을 분양받았다. 7평 남짓 되는 땅에 작은 농사를 지었다. 남편에게 아이들의 생태 교육에 도움이 될 것이라며 온갖 좋은 말로 설득을 했다. 남편은 더운 날에 땀 흘리는 것을 싫어한다. 워낙 깔끔한 사람이라 농사짓는 일을 하면서 옷에 흙이 묻는 것도 싫어하는 성격이다. 하지만 아이들의 활동에 좋다고 하니 나들이 삼아 해보자고 마지못해 수락해 주었다.

3월, 주말농장에서 텃밭을 일구기 시작할 때만 해도 아이들과 남편은 적극적으로 도와주었다. 퇴비를 뿌리고 모종을 심었다. 주말마다 농장에 들러 작물에 물을 주는 것도 재미있었다. 문제는 5월부터였다. 날이 더워지기 시작하면서 잡초와의 전쟁이 시작되었다. 우리는 농사 경험이 전혀 없었다. 일하는 방법을 제대로 알지 못해, 주말이면 아침 10시부터 12시까지 제일 더울 때 일을 했다. 아이들은 풀 몇 포기를 뽑다가 힘들다고 징징거렸다. 날씨도 더운데 아이들의 짜증까지 듣자니 남편은 무슨 고생이냐며 툴툴거렸다. 비용적인 면에서도 사 먹는 것이 훨씬 이득이었다. 농장에 왔다갔다하면서 쓰는 차 기름값, 필요한 장비를 사는 것도 소소하게 돈이 들었다. 시간도 문제였다. 주말에는 농장을 가야 하니 다른 일은 아무것도 할 수가 없었다. 하지만 작게나마 수확물이 생기면 무척 기분이 좋았다. 나의 노력이 들어간 방울토마토는 산 것과 비교되지 않게 맛있었다.

그렇게 뜨거운 여름을 보내고 늦가을 김장에 필요한 작물 재배를 준비하는 내게 남편은 질렸다는 듯이 주말농장에 어째서 열심이냐고 물어왔다. 주말농장에 오면 오로지 농사일에만 집중할 수 있었다. 다른 생각을 할 틈이 없이 농사일에만 전념했다. 눈앞에 보이는 풀을 모두 뽑았을 때, 내 할 일이 마무리된 것 같은 묘한 성취감도 들었다. "내가 좋아서 하는 게 잘못된 것은 아니잖아."라며 나를 이해하지 못하는 남편에게 쏘아붙이듯 대답했다. 남편은 차라리 그 열정으로 살림을 하라고, 아이들 교육에 더 관심을 가지라고, 집안 정리를 더 깔끔하게 하라고 폭풍 잔소리를 했다. 주말마다 농장을 간다고 해서 다른 일정을 잡지 않는 나를 다른 가족들도 이상하게 생각했다.

　그 한 해 농사를 끝으로 더 이상 주말농장은 하지 않았다. 겨우 7평밖에 되지 않는 작은 밭, 한 고랑을 책임지는 것이 쉽지 않았다. 남편은 주말농장 더 하지 왜 안 하냐고, 전문 농사꾼이 되지 왜 안 하냐고 놀리듯 물었다. 나는 경험해 본 것으로 충분했다. 텃밭을 가꾸는 것에 대한 미련이 없었다. 남편은 꼭 똥인지, 된장인지 찍어 먹어봐야 아냐고 핀잔을 줬지만, 나는 직접 해보고 나서야 알 수 있었다.

　글을 쓰는 것도 마찬가지였다. 나는 사무실에서 집중이 가장 잘되었다. 평일이면 평소보다 30분정도 더 일찍 출근했다. 사무실 정리를 마치고 컴퓨터 앞에 앉아서 글을 쓸 때면 마치 내가 전문작가가 된 것 같았다. 그러나 출근하지 않는 주말만 되면 글을 제대로 쓰지 못했다. 늦잠을 잤고, 속도가 느린 구형 노트북과 작은 스마트폰으로 글을 쓰는 것도 불편했다. 그냥 글을 쓰는 것도 쉽지 않은데, 글을 쓸 환경까지 제대로 갖춰져 있지 않다는 것은 글을 쓰지 않는 핑계가 되었다.

글을 잘 쓰고 싶었다. 의무적으로 참석해야 하는 4주 차 강의는 이미 종료되었지만, 처음 글을 쓰기 시작했을 때처럼 자극이 필요했다. 평일 저녁에도 강의를 계속해서 들었다. 자극이 없다면 또 시간만 헛되게 보내고 인생을 팽개쳐 둘 것만 같았다.

거리엔 벚꽃이 만개했다. 봄을 만끽하고 싶은 남편이 금요일 저녁에 벚꽃을 구경 가자는 제안을 했으나 나는 그날 강의가 있어서 갈 수 없다고 단칼에 거절했다. 매주 수요일, 목요일 저녁 9시부터 강의가 있는 날이면 아이들의 숙제를 날치기하듯 봐주곤 했다. 아이들의 숙제를 대충 봐주고 강의를 들으려는 나의 태도가 남편은 불만인 것 같았다. "대체 그 강의는 왜 듣는 거야?" 3일 연속 강의를 듣겠다고 선언하니 남편이 날카롭게 톡 쏘며 말을 이어갔다. 책을 내는 데 돈이 들지 않느냐느니, 니가 무슨 책을 쓰냐느니, 네 책을 누가 사보냐느니 등 부정적인 말을 쏟아내면서 글을 쓰는 목적도 없이 책을 쓴다고 하는 것이냐며 나를 면박 줬다.

내가 쓴 글이 반드시 출판될 것이라는 기대로 글을 쓰기 시작한 것은 아니었다. 인생을 살면서 내 이름으로 출판된 책 한 권 있으면 좋겠다는 소망에서 시작한 것이었다. 버킷리스트였다. 돈이 들지 않았으니 해볼 만했다. 나는 그동안 실패하는 것이 두려워서, 상처받는 것이 두려워서 아무것도 하지 않았었다. 의무감으로 출·퇴근을 했고, 사는 것도 힘들다고 생각해 하루를 버티며 보냈다. 집에서 쉴 때면 거의 누워있기만 했다.

책을 써서 유명한 사람이 되겠다는 생각도, 돈을 벌겠다는 생각도 없었다. 글을 잘 쓰는 사람들과 비교하면 보잘 것 없는 실력이었다. 남들에 비해 별것 없는 삶의 경험이었다. 그래도 아무것도 하지 않았던 내가 강의를 듣고 글을 꾸준히 쓰고 있다는 사실 자체에 만족감이 생겼다. 잘 쓰고 못 쓰고는 내게 중요하지 않았다. 남편에게 살면서 진짜 해보고 싶은 것이 생겼으니 응원해 달라고 했다. 아니 응원까진 아니어도 좋으니 나를 좀 도와 달라고 말했다. 주말농장을 해보고 나서야 더 미련이 생기지 않았듯, 글쓰기도 해볼 만큼 해봐야 후회가 생기지 않을 것 같았다. 글을 완성하지 못하더라도 지금은 그만두고 싶지 않았다.

남편에게 제주도 한 달 살기, 아이들과 해외여행, 산티아고 순례길 걷기, 이런 버킷리스트를 이야기할 때가 있다. 남편은 내가 현실적이지 않다고 혀를 차며 고개를 저을 때가 많다. "오늘은 진짜 열심히 살아야지."라고 말을 하고는 온종일 누워 TV를 본 날도 있었다. 몇 시간 걸려 정리한 옷장이 3일 만에 헝클어지는 일은 빈번했다. 책을 잔뜩 사놓고 한 권도 안 읽는 날도 있었다. 남편은 내가 글을 쓰는 것도 실없는 소리인 줄 알고 핀잔을 주며 오늘에나 충실하라고 잔소리를 했다.

난 당당하게 되받아쳤다.

"이렇게 사는 게 잘못된 것은 아니잖아. 현실에 지쳐 아무런 노력을 하고 있지 않아도 함부로 판단하지 마. 열정이 없다고 해서 꿈까지 없는 것은 아니거든!"

나는 번아웃이었다

나를 위로했던 건…

　힘든 군 복무 시절, 나를 위로해 주었던 사람은 지금의 남편이었다. 업무 중에 실수를 하는 날이면 남편은 잘못을 떠나 기꺼이 내 편이 되었다. 마음에 들지 않는 사람이 있으면 같이 욕을 해주는 가장 친한 동료였다. 기분이 울적한 날이면 기분 전환 삼아 가까운 근교로 나가 데이트를 하는 연인이었고, 함께 도서관을 다니며 미래를 준비했던 친구이기도 했다. 남편은 늘 내 편이었고, 부족함이 많고 자존감이 낮은 나를 예쁘다며 사랑해 주는 사람이었다. 물론 많이 싸우기도 했지만, 그래도 힘들었던 시절 나를 일으켜주고 다독이며 안아주었던 사람은 친구나 부모님도 아닌 남편이었다. 남편은 나의 버팀목이었다. 남편의 위로가 없었다면 지금의 나도 없었을 것이다. 지금도 나는 남편에게만은 어리광을 부리거나 퉁퉁거리는

데, 아마도 남편이 그런 나를 온전히 받아준다는 믿음이 있기 때문이다.

몇 년 전, 아버지가 지방선거에 출마하신다고 했다. 절대 튀고 싶지 않은 나는 펄쩍 뛰며 반대했다. 아버지는 내가 반대한다고 당신의 신념을 꺾으실 분이 아니라는 것을 알고 있었다. 나는 아버지의 선거를 돕지 않겠다고 결심하고 내 뜻대로 했다.

공식 선거 기간에는 등록된 선거 사무원들과 함께 선거활동을 할 수 있었다. 그러나 그 외의 기간에는 선거활동을 할 수 있는 사람이 제한되었다. 후보자, 후보자의 배우자와 직계 존비속, 후보자와 같이 다니는 등록된 사무장 및 사무원이 전부였다. 다른 후보자들의 가족들은 이미 선거활동을 하고 있었지만, 나는 아버지의 선거와 관련한 일은 아무것도 하지 않았다. 운영하시던 편의점을 맡아서 운영하는 정도의 도움만 드리는 것이 나의 최선이었다. 아버지의 선거는 나와 관련 없는 일이라 생각했다. 나의 입장이 완고하니 아버지는 어머니를 통해 나를 설득하려 하셨다. 하지만 가족인 나조차 제대로 설득하지 못하는데, 무슨 지역의 큰일을 맡아서 하겠냐며 화를 내셨다. 그렇게 무관심하고 싶어 모질게 대했지만, 선거 20일을 앞두고 혈연 앞에서 내 결심은 무너졌다. 고모와 작은아버지들의 설득 끝에 사무 일만 하는 조건에서 일을 도왔다. 결국 그해 지방선거에서 아버지는 쓴 패배를 경험하셨다.

아버지의 선거 때문에 온 신경이 예민했던 나는 아무것도 제대로 할 수가 없었다. 깊이 잠을 자지 못했다. 아버지에 대한 미움과 원망, 온갖 감정이 섞여서 현실이 버거웠다. 피할 수만 있다면 피하고 싶었다. 날이 갈수록 의욕은 자꾸만 줄었다.

눈을 뜨고 있으면 자꾸만 부정적인 감정들이 생각나서 각종 드라마, 예능 프로그램들을 섭렵했다. 웹툰과 웹소설을 보면서 시간을 축냈다. 시각적으로 받아들이는 정보 덕분에 머리로 다른 생각을 할 겨를이 없었다. 현실과 다른 이야기들을 접할 때면 나의 현실에서 벗어날 수 있었다. 아무런 생각을 하지 않게 해주는 것만으로도 마음의 평안을 얻었다.

그때는 아이들도 위안이었다. 아이들에게서 충족감을 채웠다기보다는 어린이집 하원 후부터 잠이 들 때까지 아이 둘을 정신없이 돌봤다. 먹이고, 씻기고, 놀고, 재우는 것만으로도 다른 생각할 겨를 없이 바쁜 일상이었다.

아이들을 재울 때는 한쪽 귀에 무선이어폰을 꽂은 채 BTS 노래를 들었다. 불을 끄고 조용하게 누워서 아이들이 잠들 때까지 기다리는 적막감은 하루 내 눌러두었던 생각들을 떠오르게 했다. 이어폰에서 흘러나오는 BTS 노래 가사에 집중해야 다른 생각이 나지 않았다.

가사는 하나하나 내 마음을 후벼 팠다. 해가 뜨기 전 새벽이 가장 어두우니까 내가 지금 겪는 힘든 과정이 해가 뜨기 전 새벽이라 생각하며 해가 뜨면 다 괜찮아 질 것이라고 스스로를 다독였다. 내가 나인 게 싫은 날, 영영 사라지고 싶은 날, 내 마음속에 문을 하나 만들고 그 문을 열고 들어가면 매직 숍이 있을 것이라고 부른 노래는 내 마음의 매직 숍처럼 위로가 되었다. 멈춰 서도 괜찮다고, 아무 이유도 없이 달릴 필요 없다고, 꿈이 없이도 괜찮다는 가사에서 지금 내가 무기력하게 시간을 보내고 있는 것이 잠시 쉬어가는 것이라는 이유를 만들 수 있게 했다. 아무것도 하지 않는 내 모습을 보면서 다른 사람들이 나를 한심하게 생각하더라도 내 마음대로 되는 것도 없고, 숨을 곳도 없으니 고민하지 말고 그냥 아무것도 하지 않고 내버려둬도 괜찮다고 말하는 것 같았다.

군대에서 혼자 보낸 시간들 때문에 생긴 습관 같은 것인데, 진짜 마음이 힘들 때는 그 이유나 상황에 대해서 일절 언급하지 않는 것이다. 가장 가까운 남편에게조차 말하지 않았다. 보통은 힘든 상황이 생기지 않게 아무 일도 하지 않을 때가 많았다. 하지만 내 의지와 상관없이 힘든 일이 생길 때는 마음을 정리하고 나서야만 가볍게 이야기할 수 있었다. 스스로 정리가 되고 나면 일부러 더 아무일도 아니라는 듯 대했다. 가끔 사람들이 "군대에 왜 갔어요?"라고 물어보면 "가출해서 군대 갔어요."라고 나의 일이 아닌 듯 가볍게 말해야 무거운 감정에서 벗어나는 것 같았다.

나는 번아웃이었다

군대에서 악으로 버티던 시절, '이 또한 지나가리라'는 말을 들은 적이 있다. 모든 힘든 순간들도 긴 인생에서 찰나로 지나가는 것인데, 그것을 받아들이지 못하고 괴로워만 했다. 현재의 고민이나 복잡한 생각을 하고 싶지 않아 시간을 무의미하게 보내는 것, 그 위로를 통해서 간신히 버텼다. 누군가는 그 시절이 아까운 시간 낭비라며 멍청한 위로라고 비웃겠지만, 나에게는 버틸 수 있게 하는 힘이었다.

나는 이제 글을 쓰기로 한다.

글을 쓰는 일은 상당한 시간과 노력을 필요로 한다. 그래서 많은 사람들이 글을 못 쓴다고, 자신은 평범한 사람이니 글을 쓸 수 없다고 말한다. 그러나 이미 글을 쓴 다른 사람들은 글을 쓰는 행위가 자기 치유라고 한다. 나는 그 의미를 아주 조금 이해할 수 있었다. 내 이야기를 글로 쓰면 많은 사람들에게 웃음거리가 될 것 같았다. 글에 대한 두려움이나 걱정이 없진 않지만 그래도 쓴다. 화가 날 때 글을 쓰면 감정이 제법 가라앉는다. 혼자 끙끙 앓던 문제나 고민도 백지에 쏟아붓고 나면 조금 실마리가 보이는 듯했다. 사건은 그대로인데, 감정은 바뀌었다. 신기했다. 멈추기 않기로 했다. 내가 글을 쓰면서 얻은 것들이 다른 이들에게 도움이 될 수 있다면, 그것만으로 충분하지 않을까.

제4장

드러내기 시작하니 변화가 시작되다

1

글을 써야겠어

아이들이 책을 좋아하는 사람으로 자라길 바랐다. 몇백만 원 하는 아동전집을 구매할 때도 크게 망설임이 없었다. 누군가 책을 버린다고 하면 냉큼 가서 주워왔다. 큰아이가 말을 시작하기 전부터 1년에 300일 이상, 잠자리에 들기 전에 꼭 책을 읽어주었다.

아이에게 도서관이 주는 즐거움을 경험하게 하고 싶었다. 같은 어린이집에 다니는 아이 친구들의 엄마를 설득했다. 친구와 같이 도서관 프로그램에 참여하면 아이에게 좋은 경험이 될 것 같았다. 그림책 놀이 수업은 끝나면 도서관 옆 학교 운동장에서 친구와 신나게 뛰어놀게 했다. 도서관을 떠올리면 친근하고 재미있다고 느끼게 해주고 싶었다.

아이에게 속상한 일이 있으면 《무지개 물고기》 시리즈를 같이 읽었다. 친구와의 관계를 그림책을 통해 생각하게 했다. 《망태할아버지가 온다》라는 책을 통해 말 잘 듣는 아이, 말 잘 들어주는 엄마를 보며 서로의 입장에서 생각해 보기도 했다. 《고 녀석 맛있겠다》 시리즈를 읽을 때는 아이도 나도 마음이 울컥해서 눈물을 흘리기도 했다. 아이를 위한 그림책 읽기는 오히려 나를 위로할 때가 많았다.

인터넷서점에서 내가 읽고 싶은 책을 주문할 때면 반드시 아이의 그림책도 주문했다. 집에 책이 많았지만, 여건만 되면 더 구매해 주고 싶었다. 그중 기억에 남는 책은 유설화 작가의 《슈퍼거북》이라는 책이었다. 우리가 알고 있는 고전, '토끼와 거북이 달리기 경주에 대한 이야기'를 모티브로 재해석한 책이었다. '토끼를 이긴 거북이가 과연 행복했을까?' 하며 시작하는 이야기는 아이와 생각하고 대화를 나눌 수 있는 이야깃감이 되기도 했다.

우연한 기회에 마산 지혜의 바다 도서관에서 진행한 그림책 작가와의 만남에서 유설화 작가를 만났다. 재미있게 본 그림책의 제작 과정을 알아보는 것이 아이들에게는 더 풍부한 경험이 될 것 같았다. 작가를 만나는 날, 일찍부터 도서관에 가서 아이들과 자리를 잡고 앉았다. 초등학생부터 유아, 부모들로 강의실 하나가 가득 찼다. 작가는 '슈퍼거북' 이야기를 재미있게 구연동화로 설명해 주었다. 책을 읽고 참석했지만, 아이들은 작가의 말에 더 집중했다. 뿐만 아니라 그림책을 이렇게 만들게 되었는지, 스토리 외에 그림책에

숨겨진 인물들에 대한 이야기도 들려주었다. 그림책이 주는 메시지도 마음에 와 닿았지만, 작가와 함께 각자가 생각하는 '슈퍼거북'을 그려 자신의 이야기를 나누는 시간이 좋았다.

마지막으로 작가는 이후 출간될 자신의 신간에 대한 이야기를 들려주었다. 평소 일상에서 사용하는 여러 용도의 장갑이 주인공이 되어 시리즈별로 다양한 이야기를 펼치는 내용이었다. 나는 가슴이 두근거렸다. 아직 세상에 나오지도 않은 이야기였지만 궁금했다. 작가가 독자의 가슴을 이렇게 뛸 수도 있게 하는구나 싶었다.

이후 우리는 작가가 출간한 모든 시리즈를 구매해서 읽는 팬이 되었다. 작가의 장갑이야기가 나올 때마다 몇 번이고 다시 읽었다. 몇 년이 지났지만, 작가와의 만남은 아이들에게 인상적이고 긍정적인 경험이 되었다.

당시 나는 그림책에 푹 빠져 있었다. 유명 연예인들의 독립서점 운영이 유행처럼 신문기사에 보도되었다. 나는 그림책 서점을 운영해 보고 싶다는 막연한 생각이 들어 그림책 서점을 검색해 보았다. 부산의 한 그림책 방에서는 그림책을 출판할 수 있도록 강의를 하는 곳이 있었다. 양산의 한 그림책 서점에서는 영어 그림책 읽는 모임과 그림책 토론 모임도 진행되고 있었다. 나도 참여하고 싶다는 생각이 들었지만, 동시에 온갖 갈 수 없는 이유들을 만들었다. 하고 싶은 마음이 실행되지 못하니 그림책에 대한 관심에서도 멀어졌다.

글을 써야겠다고 확실하게 마음을 먹은 것은 몇 년 더 지난 후였다. 무기력함 때문에 각종 드라마를 정주행하며 시간을 죽이던 때가 있었다. 새로 편성된 드라마의 원작이 웹툰이라는 인터넷 기사가 떴다. 내가 시간을 보내면서 봤던 그 만화였다. 유명한 웹툰 이었다. 원작자는 이미 수십억대의 수익을 올리고 있었지만, 드라마화 되면서 더 수익이 늘었다는 기사였다.

초등학교 교사를 하고 있는 친구에게 월급 이외에 수익을 낼 수 있는 방법으로 복권이나 주식 말고 책 출판에 대해서 이야기한 적이 있었다. '초등 교사가 추천하는 여행지', '초등 교사 만만하게 여기지 마라' 등의 책을 쓰라고 농담처럼 던진 잡담이었다. 그러다 문득 '나는 왜 글을 쓸 생각을 하지 못했던가.' 싶었다. 나는 전문가가 아니니 지식을 전달하는 글을 쓰지는 못하겠지만, 웹소설은 쓸 수 있을 것만 같았다. 순수문학이 아니어서 신춘문예나 작가 등단 여부와도 상관없었다. 인터넷상에서 글을 쓰는 것은 나이, 직업, 성별은 중요하지 않을 것 같았다. 만약 계약이 성사된다면, 마감시간만 잘 지키면 된다고 생각했고, 시간이나 장소에도 구애받지 않을 것 같았다. 그동안 웹소설을 보면서 전개가 답답하거나 스토리가 이상할 때면 '내가 써도 이것보단 잘 쓰겠다.'라고 생각했던 것이 시작이었다. 사춘기 때 장난삼아 썼던 팬픽(아이돌이 주인공인 팬들 사이에서 취급되는 소설의 장르) 경험이 있으니 쉬울 것이라고 생각했다. 맞춤법이 제대로 지켜지지 않은 글, 맥락이 엉뚱한 글, 중학생이 쓴 것 같은

나는 번아웃이었다

묘사력이 있는 글도 돈을 버는 시대였으니, 나도 할 수 있을 것만 같았다.

주변 사람들에게 말할 순 없었지만, 생각하는 것만으로도 기대가 되었다. 아무것도 하고 싶지 않았는데 스스로 해보고 싶은 것이 생겼다. 도서관으로 달려가 스토리 창작에 대한 책을 여러 권 빌려 읽었다. 유튜브 강의를 봤고, 인터넷 팟캐스트에서 문예 창작에 관련된 강의들을 찾아서 들었다. 글을 쓰지 않아도 생각하는 시간마저 즐거움이 되었다. 하고 싶은 이야기들이 하나둘씩 생겨났다.

고개를 들어 달력을 본다. 달력엔 어느 고명한 한문학과 교수님의 글씨가 들어 있다. '哀莫大乎心死'(애막대호심사). 장자(莊子)가 한 말로 "슬픈 것 중에는 마음이 죽는 것보다 더 큰 슬픔이 없다."라는 뜻이다. 마음의 죽음은 절망, 체념, 자포자기, 의욕 상실을 말했다. 마음이 죽는다는 것은 살고 있어도 제대로 살아있는 것이 아니라고 말하고 있었다. 아무것도 하지 않는 나는 죽은 것과 다름없이 살고 있었다.

해보고 싶은 일이 생겼다. 왠지 잘할 수 있을 것 같았다. 긍정적인 생각만으로도 큰 변화가 되었다. 죽어있던 내 마음이 살아나는 것 같았다. 이제 시작이었다.

2

충격의 순간들

머릿속으로 상상하는 일은 즐거웠다. 쓰고 싶은 이야기를 생각하면 시간이 금방 지나갔다. 컴퓨터 워드 프로그램을 열어 쓰고 지우길 반복했다. 호기롭게 시작했던 것과 달리 막상 한 장도 채우기 버거웠다. 쓰고 싶은 이야기가 분명 많았는데, 화면 속 깜빡이는 커서를 따라 눈만 껌벅였다. 시놉시스가 무엇인지도 몰랐다. 기초도 모른 채 이면지에 쓰고 싶은 내용들을 메모했다. 갈겼다는 표현이 더 정확했다. 대강의 메모만 있으면 1화부터 120화까지 척척 쓸 수 있을 줄 알았다. 잘 쓰고 싶은 마음이 들었지만 부족했다. 막막했다.

TV 광고에 연예인들이 웹소설의 대사를 읊으며 웹소설 플랫폼 광고하는 것을 심심찮게 볼 수 있었다. 하지만 웹소설이 뭔지두 무

나는 벼아웃이었다

르는 사람들도 많았다. 처음 글을 쓰고자 했었던 2~3년 전만 해도 '웹 소설 작법'에 대한 내용을 찾아보기 쉽지 않았다. 나는 다행히도 온라인 강의를 통해 판타지 소설 작법에 대한 강의를 접할 수 있었다. 남편 몰래 카드 할부로 결제를 했다. 돈을 써서 배우면 글을 잘 쓸 수 있을 것이라는 기대감에서였다.

강의는 1회당 20분 내외로 짧았다. 소설의 구성요소와 전개에 대한 간략한 강의 후에 매 차시 과제를 수행했다. 과제를 댓글로 쓰면 강사에게 피드백이 왔다. 과제의 주요 내용은 잘 팔리는 소설을 읽고 분석하는, 소위 말해 시장의 트렌드를 분석하는 것이었다. 쓰고자 하는 분야의 베스트 작품 5개를 읽고 회 차마다 요약을 했다. 기성 작가의 글을 읽으며 글이 어떤 흐름으로 전개되어야 하는지 감을 익혀야 했다. 돈을 주고 강의를 구매했으니, 강의를 끝까지 다 듣고 과제를 성실히 수행하면 잘 쓰는 비법을 알 수 있을 것 같았다. 그러나 과제에 대한 피드백은 '아주 잘하셨습니다.' 혹은 '잘 하셨습니다.' 정도의 짤막한 피드백이 전부였다. 강사는 웹소설 시장에 대한 내용들을 솔직하게 말해 주었다. 판타지 소설이란 특정한 소재나 독특한 설정보다는 일정 코드를 가지고 진행하면 된다고 했다. 플랫폼별 연재 공략도 가르쳐 주었다. 솔직한 강의 내용은 묘한 설득력이 있었다.

강의를 듣고 직접 작성한 소설 1화를 강사에게 메일로 보냈다.

결론은 강사에게 대차게 까였다. 강사는 내게 기본도 모른다며 냉정하게 말했다. 작가는 나에게 작품을 분석하는 눈을 더 길러야 한다고 말했다. 나름 많이 읽었다고 생각했다. 참신한 소재라 생각하며 글을 썼는데 부족하다고 말하는 강사의 말에 자존심이 상했다.

읽었던 작품들을 다시 읽었다. 강사가 지적해 준 대로 글을 고쳤다. 진짜 쓰고 싶은 이야기가 아니라 시중에 나와 있는 글과 비슷하게 썼다. 1화부터 120화까지 구성을 짜고 한 회마다 풀어낼 줄거리를 썼다. 등장인물과 배경을 새로 구성하는데 몇 주의 시간이 걸렸다. 큰 덩어리들을 구성하고 나니 전개가 쉬워졌다. 그러나 매일 5,000자의 분량을 채우면서 글을 쓰는 것은 생각보다 쉽지 않았다. 꾸역꾸역 분량을 채우다 보니 글이 마음에 들지 않는 날이 많았다. 써놓고 보니 작가들이 흔히 하는 말로 '내 글 구려병'처럼 글이 이상했다.

수강 기간이 많이 남아 있었지만, 성급한 마음에 빨리 진행하고 싶었다. 돈을 들였으니 그에 맞는 성과를 기대했다. 소설의 3화 분량을 더 써 강사에게 피드백을 받았다. 내용은 충격적이었다. 강사는 내게 앞으로 소설을 봐줄 테니 계약금에서 일부, 수익의 일부를 자신에게 달라고 제안했다. 강사의 말을 기회로 생각할 사람도 있겠지만, 내게는 그저 강사가 손 안 대고 코푸는 것처럼 느껴졌다.

강사도 현지 작가였다. 자신의 글만으로는 수익의 한계가 있으니 강의료를 받아, 수강생들의 글을 봐준다는 평계로 돈을 받아 수익을 버는 피라미드 다단계 같은 구조라고 생각되었다. 환멸이 들었다. 그동안 강사가 성의 없게 피드백을 해줄 때도 강사의 성격이라고만 생각했다. 그러나 강사의 상업적인 마인드에 내가 바보가 된 것 같았다. 글을 쓰고자 했던 나의 진심이 통째로 사기당한 느낌이었다. 이후 나는 강사에게 피드백을 요구하지도 않았고, 더 이상 글을 보내지도 않았다.

내 성의가 아까워 혼자 글을 썼다. 인터넷 커뮤니티에 가입해 같은 처지의 글 쓰는 사람들과 소통하며 이야기를 썼다. 웹소설이라고 너무 가볍게 접근한 탓이었을까? 쉽게 써지지 않았다. 그동안 읽었던 것과는 달리 내가 쓴 글은 세밀한 묘사도 없었고, 감동을 주는 문장이 하나도 없었다. 머릿속으로 생각하는 것과 손을 움직여서 쓰는 것은 전혀 다른 일이었다. 억지로 4만 자 이상을 쓰다가 결국 소설 쓰기를 그만뒀다.

하고 싶은 일이 생기면 전력을 쏟아 할 줄 알았다. 노력은 좋은 결과를 가져올 줄 알았는데 금방 지쳐 또 그만두었다. 성과가 없었다. 포기가 반복될수록 더욱 아무것도 하고 싶지 않아 멍하니 시간을 보냈다. 열정은 없었지만 한 가지는 확실했다. 죽기 전에 책 한 권. 꼭 내고야 만다는 오기가 생겼다.

1년 뒤, 지자체에서 45세 미만 청년 대상으로 글쓰기 강의를 한다는 광고를 보았다. 글을 쓰는 방법에 대해서 갈증을 느꼈던 나는 신청서를 작성한 후 제출을 망설였다. 옆 사무실에서 근무하는 동료의 같이 하자는 제안이 용기가 되었다.

그동안 어떤 일을 할 때 못하는 이유만 만들어 내기에 바빴던 내가, 강의를 들어야 하는 이유를 만들었다. 또 실패할까 두려웠지만 지자체의 지원은 '공짜니까 뭐 어때' 라는 마음을 들게 했다. 어영부영한 마음으로 슬쩍 신청서를 제출했다. 그렇게 이은대 작가를 만났다.

시골 촌구석에서 글쓰기에 관심이 있는 사람이 얼마나 되겠나 싶었다. 오리엔테이션에 참석하고는 놀랐다. 작가를 희망하는 젊은 청년들이 눈을 반짝이고 있었다. 나는 아이가 어리다는 핑계로 아무것도 하지 않았는데, 아이를 데리고 온 엄마도 있었다. 열정이 대단했다.

온라인 강의에서 한 번 크게 실망한 경험 때문에 수업에 적극적으로 참여하지 않았다. 이은대 작가가 강의를 할 때면 '어디 한번 해보쇼!'라며 속으로 팔짱을 낀 채 들었다. 강의내용은 훌륭했지만, 의심을 쉽게 거둘 수 없었다. 처음에는 기를 쓰고 안 좋은 점만 찾으려고 했다. 강사와 강의 탓을 하면 나중에 글을 쓰지 못하더라도 내 탓이 아니라는 핑계를 대면 그만이라 생각했다.

투덜거리는 것과는 별개로 일단 글을 쓰기 시작했다. 내 이야기를 쓰고 싶지 않았지만, 본인의 이야기가 가장 잘 써질 것이라는 작가의 말에 뭐든 썼다. 쓰다 보니 하고 싶은 말이 너무 많았다. 아이를 키우면서 아이의 말을 통해 느꼈던 것들, 시누이와 함께 살아가는 이야기, 술을 좋아하니까 음주에 대한 이야기 등 작가의 말대로 모든 것이 글감이었다.

글을 쓰는 날보다 글을 쓰지 않는 날이 더 많았다. 목차를 받았지만 어떻게 써야 할지 막막했다. 같이 참여한 수강생 중에 이미 집필을 시작한 사람을 보고 자극을 받았다. 해야 했다. '책 한 권 낸다.'라고 했던 나의 오기가 마음속에서 자꾸만 열망과 꿈이 되었다. 4주 차 강의가 끝날 무렵, 평생 무료 재수강이라는 파격적인 혜택으로 오픈 채팅방으로 초대되었다. 거기에는 이미 자신의 책을 출간한 작가, 작가가 되고 싶은 지망생들이 많았다. 지자체 청년들보다 그 열의가 훨씬 더 강했다.

기본 강의가 끝나면 끝일 것이라고 생각했다. 하지만 강의를 듣고 글을 쓰면서 부정적인 것만 찾으려는 사람에서 점점 스스로가 변화되는 것을 느꼈다. 수요일, 목요일 9시는 '엄마 공부하는 날'이라며 무조건 강의를 들었다. 강의는 계속 글을 쓰게 하는 동기를 부여했다. 강의 말미의 미니 특강은 나에게 하는 말이 아니었지만, 내 삶의 태도를 질타받는 느낌이 들었다. 나는 변화되어야 했다.

인생 될 대로 되어도 괜찮았다. 내가 바뀌어도 세상은 달라지지 않는다며, 아무것도 하고 싶지 않은 무기력한 태도로 살았었다. 글을 쓰면서 나는 조금씩 무언가를 해 나가는 사람이 되었다. 글을 쓰고 싶은 사람, 내가 원하는 것을 반드시 한 번은 성취해야 되겠다고 다짐하는 사람, 어제와 다른 내가 되어가는 중이었다.

블로그의 시작

블로그 계정이 있었지만 잘 사용하지 않았다. 몇 년 전 책을 읽고 썼던 리뷰 몇 개, 마음이 답답할 때 비공개로 썼던 일기가 전부였다. 포스팅을 위해 꾸준히 글을 쓰고 사진을 남기는 것은 귀찮은 일이라고만 생각했었다. 블로그를 다시 시작한 것은 1년간 주말농장을 체험한 기록을 남기고 싶어서였다. 코로나로 인해 외출이 제한되면서 인근 주말농장에 적은 금액으로 땅을 분양받았다. 피크닉 삼아 주말에 텃밭을 일구기로 결정하면서 아이들과 '꼬마농부'라는 콘셉트로 유튜브에 올릴 동영상을 촬영하려 했다. 작은 텃밭에서 짓는 농사도 농사였지만 유튜브를 운영하면서 아이에게 크리에이터라는 직업을 경험하게 해주고 싶었다. 결과는 실패였다. 농사만 짓기에도 벅찬 초보 농부에게 동영상 촬영이라는 동시 작업은 불가능했다. 간간이 농사의 과정을 사진으로 찍은 것이 내 핸드폰 속에만 묻히는 것이 싫었다. SNS에 짤막한 기록을 남기자니 지인들에게 노출되는 것도 싫었다. 그래서 처음에는 아무도 관심을 가지지 않는 개인 블로그에 주말농장의 기록을 남겼다.

지자체 글쓰기 강의 신청서를 작성하면서 지원 동기와 앞으로의 포부를 써야 했다. 공짜니까 한 번 지원해 본다는 솔직한 마음을 쓸 순 없었다. 글을 쓰고 싶어하는 사람인 것처럼, 글을 좀 써본 사람인 것처럼 있어 보이게 쓰고 싶었다.

아이들과 잠자리 독서를 하면서 제가 오히려 그림책을 통해 위로받고 있었습니다.
지역 도서관의 그림책 작가와의 만남을 통해서 작가는 그림책을 어떻게 쓰며 어떠한 내용을 담고 싶었는지, 후속작은 어떻게 진행될 건지에 대한 이야기를 들으면서 그림책을 써보고 싶다고 막연히 생각해 본 적이 있습니다. 하지만 생각을 글로 표현하는 것이 단순한 것이 아니라 많이 어려웠습니다. 기회가 된다면 이번 힐링북 컨설팅을 통해 글을 쓰고, 책을 쓴다는 것에 대해 체계적으로 배워보고 싶습니다. 비대면으로 수강을 하게 된다면 집에서 아이들에게도 공부하는 엄마의 모습을 자연스럽게 보여 줄 수 있는 좋은 계기가 될 수 있을 것 같습니다. 또한 과정 중에 글을 쓰면서 일

나는 번아웃이었다

기를 꾸준히 쓰는 노력을 하여 친근한 글을 써보고, 분량을 늘여 에세이도 써보고, SNS에 읽은 책들을 리뷰하는 피드를 작성하거나 포스팅도 해보고 싶습니다. 수강일정에 맞추어 최선을 다해 성실히 수강하겠습니다.

SNS 리뷰나 포스팅. 이런 말을 신청서에 쓰면 담당자들이 지자체 홍보에 도움이 되어 뽑아 줄 것이라 생각했다. 억지로 쥐어 짜낸 지원 동기였다. 이은대 작가는 강의 때마다 작가는 글을 많이 읽고 많이 써야 한다고 강조했다. 손으로 일기를 써보려 했지만, 펜을 잡고 글을 쓴 것이 언제였는지 기억이 나질 않았다. 새로 산 다이어리에 짧게 글을 썼지만 어색했다. 손도 아팠다. 쓰고 지우기를 반복해 금방 종이가 너덜너덜해졌다. 그래서 블로그에 본격적으로 일상을 기록했다.

내 블로그는 이웃도, 방문자도 없었다. 내가 잘 쓰던, 못 쓰던 아무도 읽지 않으니, 글을 쓰는 것에 대한 부담도 덜했다. 그냥 내가 하고 싶은 말을 썼고, 나의 일상을 일기처럼 썼다. 길게 쓰지도 않았다. 내 식대로 일단 마구 썼다. 그러나 집에 있는 구식 노트북을 사용하는 것은 한계가 있었다. 느린 속도 때문에 컴퓨터 자체를 켜지 않는 날이 더 많았다. 글을 쓰는 환경을 만들 수가 없었다.

남들은 새벽에 일어나 자신만의 시간을 확보해 글을 쓴다고 했다. 내가 일어나는 시간은 새벽 5시 전 후. 남편의 점심 도시락을 싸고 출근 준비를 하면 글을 쓸 만한 시간적 여유가 없었다. 때마침 성능 좋은 사무실 컴퓨터가 눈에 들어왔다. 평소 출근보다 30분 이상 더 일찍 출근하기 시작했다. 아침에 사무실을 정리해 두고 조용히 혼자 앉아 글을 썼다. 아무도 출근하지 않은 사무실은 글을 집중해서 쓰기 좋은 가장 좋은 작업실이 되었다.

매일 글을 썼다. 문제는 주말이었다. 아이들과 집에 있을 때는 글을 쓰는 데 집중할 수가 없었다. 내가 그렇지! 작심삼일로 끝내버리려다 지난 며칠간 하루도 빠짐없이 쓴 기록이 갑자기 아까웠다. 주말에 하는 아이들 배드민턴 레슨을 남편에게 맡겼다. 한 시간 남짓 글을 쓸 수 있는 혼자만의 시간을 확보했다. 지금 그때의 기록을 보면 별 내용이 없다. 글을 쓴다고 뭐 그리 유난을 떨었나 싶지만, 주말에도 포기하지 않고 글 자체를 썼다는 것은 제법 뿌듯했다. 매일 글을 쓰고 있다는 스스로를 칭찬해 주고 싶었다.

컴퓨터를 사용하지 못할 때는 스마트폰으로 간결하게 글을 남겼다. 컴퓨터보다 익숙하지 않아 시간이 오래 걸렸다. 내용도 미흡했다. 의식의 흐름대로라도 글을 썼다. 하루에 1포스팅. 점이라도 반드시 하나 찍겠다는 각오가 생겼다. 포기하지 않고 몇 달간 끊임없이 글을 썼다는 것. 블로그를 계속해서 이어오고 있다는 사실은, 나도 마음먹으면 꾸준히 할 수 있는 사람임을 증명하는 것 같았다.

글쓰기로 인생이 변했다는 다른 사람들의 말, 일상이 글감이라는 선생님의 말을 믿지 않았다. 잘 쓰는 사람들이나 그런 것이라며 콧방귀 뀌었었다. 하지만 매일 글을 쓰면서 쓰고 싶은 내용을 생각하는 것이 설레는 일이 되었다. 가족과의 대화는 제일 좋은 글감이 되었다. 어떤 날은 글이 술술 써졌고, 또 어떤 날은 글이 안 써졌지만, 하루에 하나는 무조건 썼다. 그냥 썼다. 그렇게 쓰다 보니 과거에 내가 썼던 글이 글감이 되는 날도 있었다.

블로그에 글을 쓰면서 가독성이 좋은 글에 대해서도 생각해 보게 되었다. 다른 사람들의 블로그를 탐색하면서 어떤 기획력과 어떤 호흡의 글이 사람들에게 잘 읽히는지 고민도 했다. 문장 구성에 대한 수업을 들었던 날이면 그와 비슷하게 써보려고도 연습했다.

잘 쓰고 싶어 의무감으로 시작했던 블로그 글쓰기였다. 쓰다 보니 조금씩 변화가 생겼다. 막연하게 생각만 했던 것들이 구체화되어 가기 시작했다. 책도 읽어야 했다. 매일 글을 쓰는 것을 연습하면서 꾸준히 원고를 썼다. 아이들은 강의가 있는 날이면 "엄마, 시간 다 되었어. 빨리 공부하러가!"라며 나를 응원해 주었다. 꾸준히 무언가를 하고 있다는 성취감이 낯설었지만 좋았다. 남들이 뭐라고 하는 건 중요하지 않았다. 일상이 글감이 되니 작은 일상에도 만족감이 생겼다. 사소한 일도 행복하다고 느끼는 긍정적인 마음이 들었다.

4
나를 드러내기 시작하다

　나는 노래 부르는 것을 좋아한다. 초등학생 때는 방송에서 창작 동요를 부르는 어린이 가수의 예쁜 목소리를 흉내 내며 따라 부르길 즐겼다. 중학교 때는 팝송에 심취해 누가 시키지도 않았는데도 새벽 6시에 일어나 영어 라디오 방송을 들었다. 라디오에서 나오는 팝송이 좋아 영어도 좋았다. 또한 학교에서는 음악선생님의 유쾌한 지도로 3년 내내 합창부 활동을 하면서 노래를 부르는 것이 즐거운 경험임을 알 수 있었다.

　고등학교에 진학한 후 첫 음악 시간은 교내 합창부 인원을 선발하는 오디션 시간이었다. 1번부터 끝번까지 한 명씩 노래를 불렀고, 반에서 4명 정도 합창부원으로 선발되었다. 나도 그중에 한 명이었다. 선생님의 첫인상은 카리스마 그 자체였다. 높은 목소리 톤

이며, 노래를 부를 때 날카롭게 지적하는 선생님의 태도가 무서웠다. 겪어보지 않은 합창부 생활도 걱정되었다. 수업을 마치고 나는 선생님께 어렵사리 합창부를 하고 싶지 않다고 말씀을 드렸지만 거절당했다. 선생님은 가진 재능을 사용하지 않는 것도 낭비라고 말씀하시며, 나의 의사와 상관없이 무조건 해야 한다고 강요하셨다. 강압적인 선생님의 말에 반항심이 일었지만 격렬하게 항의할 수 없었다.

처음부터 합창부가 싫었던 것은 아니었다. 점심시간이 정규 연습 시간이었던 탓에 합창부는 음악 실기 시험만큼은 무조건 만점이었다. 점심시간의 자유와 점수를 바꾼 셈이었으나 보상이라 생각하니 나름 괜찮았다. 그러나 몇 달간의 연습은 나를 좌절하게 했다. 합창부에서 요구하는 발성과 내가 내는 발성이 달랐다. 소리를 흉내 냈다. 소리를 내지 않으면 노래를 하지 않는다고, 소리를 내면 튄다고 지적받았다. 억지로 하는데, 매번 나만 혼이 나니 자존심도 상하고 의욕도 사라졌다. 노래하는 것이 즐겁지 않았다. 한 학년 선배와 짝을 이루어 연습했는데, 내가 거듭 지적받자 나와 짝이 된 선배도 노골적으로 나를 싫어하는 티를 냈다. 피하고 싶었지만 피할 수가 없으니 고스란히 스트레스가 되었다. 이유 없이 몸이 아프기 시작했다. 연습도중 구토를 했고 두통이 자주 일었다. 조퇴를 하는 횟수도 늘었다. 나는 합창부에서 튀는 아이가 되었다. 그러다 3

개월 후 나는 합창부에서 제명이 되었다. 3년 내내 음악 실기 시험을 만점 한 번 못 받았지만 상관없었다. 그렇게 합창부에서 천덕꾸러기가 되고 나서부터 고등학교 3년 내내 의도된 조용한 아이가 되었다.

처음 군대 생활을 할 때는 일도 낯설고 모든 선배들이 어려웠다. 존재감 없이 생활하고 싶어 내성적인 사람인 척했다. 잘하면 잘한다고 일을 시키고, 못하면 못한다고 질책 받는 것이 싫어 딱 중간만 했다. 튀지 않으려 성격을 감추고 생활하니 하나도 즐겁지 않았다. 사람과의 관계는 어렵기만 했다. 나는 내가 그렇게 심하게 낯을 가리는 성격이라는 것을 군대에서 알았다.

새벽 5시. 야간근무 때였다. 졸음이 몰려오는 시간, 다들 졸음을 꾸역꾸역 참아가며 자신의 자리에서 임무를 수행하고 있었다. 평소 분위기 메이커인 선배가 노래 한 곡을 부른 뒤 나에게 노래 한 곡을 권유했다. 평소 노래 부르는 것을 좋아하는 나는 트로트를 불렀다. 나의 노래 한 곡으로 분위기는 금방 달라졌다. 노래를 잘하고 못하고는 중요하지 않았다. 빼지 않고 참여해 주었다는 사실에 그날 이후 동료들은 나를 다르게 보았다. 동료들과의 마음의 거리도 좁아졌고 관계는 더욱 좋아졌다. 겨우 노래 한 곡이 주는 힘이었다.

처음 글을 쓸 때는 조금 막연했다. 내 이야기를 써야 글이 잘 써

나는 번아웃이었다

진다고 했으나 내 감정을 솔직하게 드러내기가 쉽지 않았다. 나는 누구의 딸, 누구의 조카, 누구의 엄마이기도 했다. 나의 이야기가 가족이나 친척들에게 민폐가 될 수도 있다는 생각에서였다. 그러나 내 걱정만큼 사람들은 나에게 크게 관심을 두지 않았다. "주말에 뭐 했어?"라는 질문은 답이 궁금해서 물어보는 질문이 아니라 안부 인사라는 것을 뒤늦게 깨달았다. 블로그에 기록한 나의 일상도 겨우 몇 명의 방문자들만 보는 것이 전부였다. 내가 글을 쓰면 모두가 내 이야기에 주목할 것이라는 착각에서 벗어났다.

초고에 내 이야기를 썼다. 아버지와의 갈등에 대한 내용 없이 내 이야기는 완성될 수 없었다. 숱한 좌절과 상처, 아팠던 경험들이 결국 지금의 나를 만들었다는 것을 인정했다. 나를 드러내면 치부가 드러나 부끄러울 줄 알았다. 그러나 글을 쓰면서 내 생각과 나의 경험을 가감 없이 썼다. 더 이상 숨기지 않았고, 망설이지 않았다. 나를 드러내면서 글을 써야 했던 이유는 글을 써야 했던 이유는.

첫째, 쉽게 쓸 수 있었다. 글을 쓰는 것은 어려웠다. 내 이야기가 아닌 좋은 말, 좋은 생각으로 글을 쓰다가 한두 문장을 적고 나면 글이 막혔다. 분명 좋은 말을 하고 싶었는데 글이 이어지지 않았다. 써 놓고 보면 내가 말하고자 하는 내용과 전혀 다른 글이 되기도 했다. 그러나 내 경험은 비교적 쉽게 이야기하듯 써 내려갈 수 있었다. 내가 직접 경험한 내용이니 자세하게 쓸 수도 있고, 생략해서 쓸 수도 있었다. 나를 드러내는 것은 글을 쓰는 데 다양한 글감이 되어 주었다.

둘째, 나의 경험은 특별한 일이 아니었다. 내 상처만 크고, 나만 힘든 줄 알았다. 죽어라 노력했는데 세상이 내 마음대로 되지 않는다며 좌절했다. 그러나 나른 사람들의 글을 읽으면서 세상에는 나보다 훨씬 힘든 상처나 고통을 경험한 사람이 많았고, 그것을 극복하는 사람들도 많았다. 내 경험은 나에게만 특별했다. 다른 사람들에게는 그냥 다양한 세상 이야기의 일부일 뿐이라 생각하니, 나를 드러내는 것이 더 이상 어렵지 않았다.

마지막으로 나를 드러내지 않고서는 앞으로 나아갈 수 없었다. 과거 스스로에게 확신이 들지 않아 주저할 때면 격려와 응원이 필요했다. 괜찮다는 위로가 필요했다. 예전에 나는 현실의 문제들을 제대로 마주하지 않고 회피했다. 내가 아무리 노력해도 안 되는 것이 있다고, 나를 탓하기 보다 사회나 다른 사람을 탓했다. 포기하면 편하니까, 포기하고 흘러가는 대로 살았다. 나의 마음이, 나의 문제가 근본적으로 해결되지 않으니 좌절감과 우울 같은 부정적인 감정을 시도 때도 없이 느꼈다.

글을 쓰기 시작하면서부터 조금씩 달라졌다. 내 이야기를 쓰면서 피하지 않고 솔직해졌다. 그럴 수 있다며 인정하고 나를 위로했다. 그러고 나니 마음이 조금씩 편안해졌다.

　과거에는 나를 드러내지 않기 위해 '아닌 척'을 했다. 상처받지 않은 척, 비겁하지 않은 척, 아무렇지 않은 척했다. 그런 가짜 마음들이 작은 일에도 커다란 상처를 남겼다. 어떤 상처는 아물기도 했고, 어떤 상처는 여전히 피를 흘리기도 한다. 내가 어떤 사람인지, 내가 어떤 마음인지 감추지 않고 솔직하게 글을 쓴다. 생각과 일어나는 감정들을 적고 상황을 인정하고 나니, 힘들고 슬픈 감정, 부정적인 감정도 오래가지 않는다.

5

언제나 가방엔 책 한 권

독서 좋은 거 모르는 사람 없다. 세계적으로 성공한 사람들은 성공 비결을 한결같이 독서습관 때문이라고 말했다. 독서의 장점을 아는 사람들은 독서를 권유하지만, 실제 책을 읽는 사람은 많지 않다. 문체부에서 조사한 '2021 국민 독서 실태를 보면 1년에 책을 한 권도 읽지 않는 사람이 성인 인구의 절반 이상이라는 결과를 나타낸다. 일상생활에서 독서가 그만큼 힘들다는 사실이다. 독서하기 가장 어려운 점을 꼽으라면 아무래도 시간이 없다는 이유가 대부분이다. 학생들은 공부에 밀려, 성인들은 먹고살기 바빠서, 가정주부 역시 육아와 살림에 독서는 뒷전이었다.

우리 가족의 경우 독서기 어려운 이유 중에 하나가 독서보나 새미있는 일이 너무 많아서다. 어린 시절 나는 집에 가면 놀거리가 없었다. 아파트에 살 때는 나도 평범한 또래 아이들처럼 신나게 놀았다. 놀이터는 해가 질 때까지 다양한 아이들을 만나 놀 수 있는 곳이었다. 책보다 놀이터가 훨씬 재미있으니 책을 읽을 이유가 없었다.

이후 아버지의 사업 때문에 아파트에서 버스를 타고 30분 이상을 가야 하는 동네로 이사를 했다. 동네 유일한 또래는 책을 좋아하는 친구였다. 친구와의 유일한 대화 주제는 책이었다. 하교 후 집으로 가려면 한 시간에 한 대밖에 없는 마을버스를 타야 했다. 버스정류장 앞에 있는 도서대여점에서 친구와 책을 읽으면서 버스 시간을 기다리다 보니 자연스럽게 만화책으로 공감대를 형성했다. 지금처럼 IPTV나 OTT서비스 같은 것도 없었기에 유선 방송시간에 맞춰야 했다. 좋아하는 만화영화가 방영되는 시간까지 기다리기 위해서 재미있는 만화책이나 소설책을 읽는 것이 시간을 보내는 방법이었다.

그때와 시대가 달라졌다. 지금 아이들에게는 재미있는 놀거리가 너무 많다. TV에서는 키즈 전용채널을 출시하여 정규방송 이외에도 만화영화를 지속적으로 송출해 준다. 유튜브를 이용하면 더 다양한 콘텐츠를 즐길 수 있다. 스마트 폰 게임은 그 수가 엄청나다. SNS나 문자메시지를 이용하면 시간에 구애 없이 친구와 연락을 주고받을 수 있기에 독서는 자연스럽게 따분하고 재미없는 일이라 생각한다.

아이들에게 책 읽기가 중요하다고 늘 강조하는 나도 책보다는 스마트 폰을 손에 들고 있는 시간이 많았다. 책을 읽지 않으니 책 내용에도 쉽게 집중할 수 없었다. 책을 완독해도 머릿속에 남아 있는 내용이 많지 않았다. '독서 근육'이 없었다.

나는 어릴 적부터 통통했다. 사춘기 시절 얼굴에 가득했던 여드름 때문에 외모에 자신이 없었다. 미용실을 운영하고 있던 막내 이모는 늘 그런 내 모습을 보고 못마땅해했다. 예쁜 옷도 사 입고 멋에도 관심을 가졌으면 했지만, 그러지 않는 내 모습이 멋쟁이 이모는 답답했던 것 같았다. 하루는 이모와 옷 가게 여러 곳을 갔다. 대충 이모가 골라준 옷 몇 벌을 사고 나서 대형서점에 들렀다. 옷 가게에서 옷에는 관심이 없던 아이가 서점에 딱 들어서니 눈이 반짝반짝 빛나더라는 과거의 내 행동을 이모는 지금도 가끔 말한다.

생각해 보면 나는 책을 읽는 것보다 책이 많은 장소를 더 선호했다. 도서관도 좋아한다. 자료실 책장에 빼곡히 꽂힌 책 사이에서 마음에 드는 제목의 책을 꺼내 쓱 훑어보고 그 자리에서 서서(혹은 바닥에 주지앉아서) 읽는 행위를 좋아한다. 독서를 좋아하는 것이 아니라 그냥 책에 둘러싸이면 마음이 편했다.

책이 많은 장소는 나에게 집중력과 심리적 안정감을 주곤 했다. 그래서 도서관에서 책을 빌려오면 다 못 읽고 반납하는 일이 많았지만, 그래도 도서관을 가끔 찾았다.

책을 자주 읽진 않아도 또 책 욕심은 많다. 남편이 찢어진 책이나 낡은 책을 버리려고 내놓으면 애들 한 번 더 읽혀야 한다며 기어이 다시 책장으로 가지고 왔다. 평소 계절이 지난 옷은 잘 버렸고, 새 옷은 잘 사지 않았다. 그리고 읽지도 않는 책을 버리지도 못하면서 자꾸만 새 책을 사는 나를 남편은 이해하지 못했다.

글을 쓰기 시작하면서 독서의 중요성을 다시 깨닫게 되었다. 생각하고 있는 것들을 글로 쓰면 문장이 어색했다. 머릿속에 맴도는 단어들이 정확하게 표현이 되지 않았다. 독서 부족이었다.

책을 읽어야만 했다. 그때부터 가방 속에 반드시 책을 넣어 다녔다. 꼭 읽겠다고 결심한 것은 아니었지만, 그래도 언제든 손닿는 곳에 책을 두었다. 사무실 책상 서랍에도 책 2~3권을 넣어놓고 시간이 될 때마다 읽었다.

어느 날은 빠르게 내용을 읽어 내려가기도 하고, 어느 날은 밑줄을 치며 공감되는 부분에 표시를 해두며 책을 읽었다. 구내식당 휴무일엔 점심시간을 이용해 가까운 도서관에 가서 내가 읽고 싶은 책, 아이들의 그림책을 빌려왔다. 그렇게 매일 책을 조금씩 읽었다.

책을 읽고 나면 내용이나 공감되는 부분, 책에 대한 간단한 느낌을 블로그에 기록했다. 봤던 책을 다시 읽으면 과거에 공감했던 내용과 현재 공감하는 내용이 달랐다. 분명 같은 책인데 느낌이 달랐다. 책을 끝까지 한 번 읽으면 다 읽었다고 생각했다. 그런데 두 번,

세 번 읽을 때마다 새로웠다. 감동을 주는 문장도 달랐다. 다시 읽기와 책에 대한 내용을 블로그에 기록하는 것은 책만 읽었을 때보다 생각을 훨씬 더 풍성하게 해주었다.

아들은 축구와 배드민턴 클럽을 제외하고는 학원을 다니지 않는다. 문제집 몇 권을 사서 스스로 풀어보는 것이 전부다. 그런데 가끔 아들은 문제를 제대로 읽지도 않고 정답을 쓰는 경우가 있다. 특히 사회 과목이나 수학 서술형 문제의 경우, 문제와 지문 자체가 빽빽하면 글자에 지레 겁먹어 아예 문제를 해결하려고 하지도 않는다. 아들을 보며 깨닫는다. 한두 문제를 더 푸는 것이 중요한 것이 아니다. 문제를 읽고 이해하여 해결하려는 능력을 길러주는 것이 우선이다.

몇 장 남지 않은 문제집 풀이가 끝나면 문제집 대신 독서시간을 늘리기로 아들과 상의했다. 학년이 올라갈수록 책을 읽을 시간이 없다고 하니 지금부터라도 책을 읽는 시간을 마음껏 주기로 마음을 먹었다. 아들은 공부보다 책 읽는 것이 더 쉽다고 느끼는 것 같았다. 공부를 잘하는 아이보다 책을 가까이하고 책을 좋아할 수 있는 아이로 크는 것이 훨씬 더 값진 경험이라 생각했다.

저녁식사를 마치고 아이들은 아이들대로, 나는 나대로 각자 원하는 책을 읽었다. 가방에서 읽고 있는 책을 꺼내 들었다. 독서 가정 한번 만들어 보자고 결심하는 순간이 있나.

6

"엄마, 작가가 되려고?"

나는 사무실에 가장 일찍 출근한다. 아침에 사무실을 정리해놓고 자리에 앉아 일상을 기록한다. 아무도 출근하지 않은 사무실은 집중해서 글을 쓰기에 좋았다. 문제는 주말이었다. 주말에는 잠을 보충해야 한다는 이유로 늦잠을 자기 일쑤였다. 아이들과 여가생활을 하다 보면 글을 쓰기 위해 집중하는 시간이 생기지 않았다. 속도가 느린 구형 노트북도 글을 쓰는 데 방해 요소였다.

어느 주말, 저녁을 먹고 아이들은 좋아하는 TV 프로그램을 시청하고 있었다. 블로그에 뭐라도 하나 쓰겠다는 신념으로 아이들 옆에 노트북을 켰다. 아이들 앞에서 컴퓨터를 잘 하지 않는 내가 글을 쓰고 있으니 아이들은 의아해했다. 평소 노트북으로 자신의 어릴 때 사진이나 동영상을 즐겨보던 둘째가 TV 시청 후 자신이 노트북을 쓰겠다고 했다.

"엄마 컴퓨터로 일기 쓰는 중이니까, 너네도 TV 시청 끝나면 일기까지 다 쓴 후에 봐."

한참을 쓰고 지우기를 반복하며 글에 집중하다 보니 TV 프로그램은 어느새 끝나 있었다. 아이들이 칭얼대기 시작했다. 약속한 대로 일기를 쓰고 나서 노트북 사용을 허락했다. 아이들은 툴툴거리며 자신의 일기장을 꺼내어 왔다. 자리에 앉았지만 연필은 들지도 않고 장난만 치기에 바빴다. 결국 내 글을 쓰는 일은 뒷전이 되고 아이들을 먼저 봐주기로 했다.

날짜와 날씨부터 적었다. 아들은 학교에서 날씨를 구체적으로 표현하기로 했다면서 고민하기 시작했다. 한참을 혼자서 중얼거리더니 한숨을 쉬며 펜을 놓았다. 날씨 쓰는 것이 너무 어렵다는 아들의 짜증에 내 안의 오지라퍼가 발동을 했다. '겨울 점퍼가 너무 더웠던 날', '아이스크림을 두 개 먹었던 날' 등 여러 가지 표현을 들어 설명했다. 아들은 결심한 듯 펜을 들어 소신껏 날씨를 적었다. 해님이 방긋 웃은 날. 대충 적는 아들의 모습에 한숨이 나왔지만, 그래도 각자 일기 쓰는 데 집중했다.

아이들은 나보다 먼저 일기 쓰기를 마치고 장난감 방과 거실을 왔다갔다했다. 블로그에 글을 쓰면서 고치기를 반복하다 보니 써

나는 번아웃이었다

야 할 분량의 절반도 채우지 못한 상태였다. 글을 쓰는 것도 어렵고 집중도 되지 않았다. 아들이 내 뒤로 와서는 글로 빽빽이 채워진 모니터를 한참 쳐다보더니 물었다. 아들은 글을 쓰고 있는 나를 전혀 이해할 수 없다는 표정을 지으며 남편과 똑같은 말투로 질문을 던졌다.

"엄마, 근데 글은 왜 쓰는 거야?"

나는 아들에게 책을 내기 위해 글을 쓰는 연습을 하고 있다고 말했다. 책을 낸다는 말에 그림책 작가와의 만남을 기억하는 아이들이 물어왔다.

"엄마, 작가가 되려고? 엄마 꿈이 작가야?"

나는 정말 작가가 되고 싶은가? 스스로에게 질문했다. 글쓰기 수업을 들으면서 자신의 책을 출간한 많은 작가들을 만났다. 그들의 이야기와 나의 이야기를 비교하자니 한없이 작아졌다. 누군가는 '예비 작가'라고 부르기도 했지만, 그 이름이 주는 무게감이 무겁고 거창했다.

책을 출간한 사람을 작가라고 부른다고 해서 '작가'라는 의미를 조금 가볍게 생각했다. 비록 어릴 때의 꿈은 아니지만, 내 이름으로 된 책을 출간해보고 싶었다. 작가가 되고 싶은 것이 분명했다. 하고 싶다는 생각이 명확하게 들자 스스로 몇 가지 원칙을 정해 놓고 글을 썼다.

첫째, 그냥 쓴다. 매일 빠짐없이 글을 썼다. 어느 날은 글이 잘 써지기도 했지만, 대체로 한 꼭지를 가지고 하루 종일 고민하는 날이 많았다. 하지만 포기하지 않고 글을 썼다. 글은 주로 아침에 썼다. 글이 너무 안 써지는 날이면 머리를 조금 환기시키고 나서 점심시간, 퇴근 후에 시간을 나눠서 썼다. 대신 매일 일정한 분량만큼 쓸 것을 스스로에게 약속했다. 하루 종일 놀다가, 다른 일을 하다가 하루가 가기 전에 부랴부랴 글을 마무리하게 되는 날은 마음에 부담이 생겼다. 그래서 글을 쓰는 일을 미루지 않는 것으로 나름의 원칙을 정했다.

둘째, 매일 조금씩 읽는다. 나의 단편적인 경험과 상상만으로는 글을 쓰기가 쉽지 않았다. 책과 칼럼, 기사를 읽어 간접 경험의 기회를 늘였다. '읽는 삶'은 어느 날은 좋은 문장으로, 어느 날은 좋은 이야기가 되어 주었다. 매일 읽다 보니 책을 완독했다는 만족감이 느껴져서 스스로가 뿌듯해졌다. 만족감은 셀프 칭찬처럼 스스로를 독려하는 좋은 계기가 되었다.

나는 번아웃이었다

셋째, 깊게 고민하지 않는다. '작가가 되기 위해 10년이 걸린다면 마음을 먹는 데까지 9년 9개월이 걸리고 쓰는 데 3개월이 걸린다.'는 말을 들어본 적이 있다. 나는 깊게 고민하지 않고 일단 썼다. 글을 쓰기 전 몇 개의 키워드를 적어놓고 관련 내용으로 글을 썼다. 다른 일도 마찬가지였다. 배가 고프면 밥을 먹었고, 자고 싶으면 잠을 자는 것처럼, 깊게 고민하지 않고 삶을 단순화시켰다.

어떤 작가가 되고 싶은지 깊게 고민해 보지 않았다. 다만 아무것도 하고 싶지 않았던 내가 책을 한번 써보겠다는 마음을 먹게 되었다. 읽고 쓴 나의 경험이 다른 사람에게도 좋은 귀감이 될 수 있으면 좋겠다는 생각이 들었다. 작가들을 만나며 자극을 받고 동기부여를 받았다. 지금 나의 경험도 흔들리고 있는 누군가에게, 지쳐 무기력한 누군가에게 작은 위로와 동기부여가 되었으면 하는 마음이 들었다.

스마트 폰에 열중하고 있는 아들에게 엄마가 어떤 작가가 되면 좋겠냐고 물으니, 별 관심 없는 듯 대답했다.

"잘 모르겠어. 그냥 엄마가 하고 싶은 이야기를 하는 그런 작가가 되면 좋을 것 같아."

겨우 졸라서 답을 얻기는 했지만, 아들의 말에 작가가 되어 있는 내 모습을 상상해 본다.

　작가.

　상상도 하지 못했던 내 모습이 어렴풋이 그려지는 것 같아 웃음
이 절로 난다.

얼렁뚱땅 독서클럽

아들이 어린이집을 다닐 때 친했던 친구들의 부모들과 모임을 지속해 온 지도 벌써 6년째다. 나는 아들에게 친한 친구들을 만들어 주고 싶었고, 이왕이면 부모들과도 잘 지내고 싶었다. 학부모들이 서로 가깝게 지낼 수 있었던 것은 도서관에서 진행되는 아이들 그림책 수업 때문이었다. 도서관에서 몇 번 마주치다 보니, 아이들이 수업을 받는 동안 엄마들은 근처 커피숍에서 커피 한 잔 시켜 놓고 수다를 떨던 것이 모임의 시작이었다. 아빠들이 데리고 오는 날이면 아빠들과도 스스럼없이 아이들에 대한 이야기를 나누기도 했다. 도서관 수업은 아이들의 주말 문화센터이자 부모들에게는 정보 교류의 장이었다.

아이들은 수업이 끝나면 도서관 옆 학교 운동장이나 근처 공원에서 다 함께 축구나 딱지치기 같은 것들을 하면서 어울렸다. 부모들은 한쪽 옆에서 부모들끼리 시간을 가졌다. 나이가 모두 달랐지만, 아이들을 키우는 것으로 자연스럽게 공감대가 형성되었다. 모임의 학부모들은 아이들의 체험활동에도 관심이 많았다. 아이들의 다양한 경험을 위해 시골 촌 동네에서 우리끼리 할로윈 파티를 해보기도 하고, 근교로 체험학습을 가기도 했다. 가을이 되면 모두가 참여하는 자체 등산대회도 열었다. 크리스마스 파티부터 알뜰시장까지 1년에 한두 번은 꼭 정기적으로 만나 아이들도, 부모들도 즐거운 시간을 보냈다.

단순한 사적 모임이 동아리 모임으로 변하게 된 것은 Y의 엄마 덕분이었다. 지자체에서 청년들을 대상으로 동아리 사업을 하고 있었는데, 모임에 들어가는 경비를 지원받을 수 있다는 지인의 이야기를 듣고 결정한 것이었다. 봉사활동, 독서토론 등 다양한 의견이 있었지만, 현실적인 방안을 고려하여 결국은 등산도 하고 책도 읽는 모임으로 정했다. 프로젝트명은 '산책(山冊)'이었다. 원래 팀명은 13년생 아이들의 모임이라 'OneThree'였는데 '산책'이 더 마음에 드는지 다들 '산책'이라 불렀다.

모임의 구성원은 아빠, 엄마로 구성된 네 가족이었다. 주 1회 정도의 독서 모임을 가지기 위해 읽고 싶은 책을 4권씩 동일하게 구입했다. 월 1회는 지역 산행을 하며 환경정화(쓰레기를 줍기)를 통해

지역 내 봉사활동 실천과 애향심 고취를 목적으로 모임이 이루어졌다. 책 읽는 학부모의 모습을 보여주면서 자연스럽게 가정 내 독서 친화적인 환경을 조성하겠다는 원대한 포부도 있었다.

나는 독서모임을 하고 싶었다. 독서토론에 대한 갈증이 있을 때쯤 찾아온 기회였다. 다들 책 읽을 시간이 없다고, 책을 읽겠냐면서 반신반의하면서도 적극적으로 참여해 주었다. 평소 모임에서도 내가 제일 막내라 대부분의 일을 도맡아 했으므로 동아리 모임의 이끔이도 주로 내가 되었다. 책이 좋다는 건 알지만 부담스러워하는 구성원들에게 최대한 책 읽기를 가볍게 하고자 몇 가지 원칙을 정했다.

첫째, 독서 토론 시 최소 인원은 4명으로, 한 가정 당 1명은 반드시 참석하는 것을 원칙으로 했다. 회사 생활, 야근으로 책 읽을 시간이 없다고 호소하는 아빠들로 인해 부부 중 한 명이라도 토론에 참석해야 했다. 8명 모두 참석하는 날도 있었고, 4명만 참석하는 날도 있었다. 모두 참석이 어려운 경우엔 토론 후 각자 집에서 내용을 공유하기도 했다.

둘째, 책은 한 가정 당 3~4권의 희망도서를 받았다. 월 1회는 반드시 어린이용 책을 포함시켰다. 집에서 아이들과 책을 읽고 나서 느낌이나 내용에 대해 먼저 이야기를 나누었다. 이후 독서모임을 통해 각 가정의 경험을 공유했다. 아이들에게 책을 읽는 부모의 모습을 자연스럽게 보여주는 계기가 되었다. 책을 같이 읽으니 아이와 공통된 주제로 대화를 나눌 수 있었다. 이야기를 나누는 것이 힘들다는 구성원의 의견에 학습지 같은 가이드를 미리 나누어 주기도 했다.

셋째, 토론할 책과 토론할 내용을 사전에 SNS와 단체 메시지로 공유하였다. 책을 끝까지 완독하지 않아도 자신이 읽은 부분에서 이야기할 수 있도록 분위기를 유도했다. 책 읽을 시간이 부족하다는 사람들에게 독서토론이라는 부담을 줄 수 없어서 선택한 방법이었다.

처음 독서토론은 온라인 줌을 이용해 진행되었다. 코로나 상황으로 사적 모임의 인원수 제한 때문이었다. 8명 중 일부만 참석했다. 《달러구트 꿈 백화점》을 읽고 전체적인 표지에 대한 느낌을 이야기했다. 자신이 읽은 부분 중에서 인상 깊은 구절을 발표도 해보았다. 어떤 꿈을 자주 꾸는지, 내가 팔고 싶은 꿈은 어떤 꿈인지 여러 질문과 대답을 하며 생각해 보는 시간이었다. 솔직히 책이 너무 지루했다는 사람에게 특정 부분 이후부터는 재미있다며 서로 책을 읽어보라고 독려했다. 첫 토론은 매끄럽지 못했지만, 그래도 다들 적극적으로 참여해 주었다.

나는 번아웃이었다

두 번째, 세 번째 토론이 진행될수록 모임 시간은 더 길어졌다. 다들 하고 싶은 말도 많았고, 준비도 더 철저히 해왔다. 인상 깊은 구절을 발표할 때는 "어머, 나도!" 하며 서로 공감하는 구절이 같다고 손뼉을 치며 웃었다. 연상되는 단어 하나하나를 떠올리며 마인드맵을 그렸다. 글로만 설명하는 것보다 훨씬 눈에 쏙쏙 잘 들어왔다.

나는 구성원들과 함께 책으로 소통하고 같이 성장하고 싶었다. 다양한 방법으로 흥미를 끌고 싶었다. 남편은 독서토론을 이끌어가는 내 모습이 유난스럽고 별나다며 혀를 찼다. 하지만 아내가 적극적으로 나서는데 뭐라도 하나 돕고 싶었는지, 남편이 먼저 선정된 책을 읽어 보는 날도 있었다.

특히 아이들과 함께한 독서후기를 공유할 때의 느낌은 아직도 가슴이 벅차다.《향기를 만드는 말의 정원》이라는 초3 교과서 필독서라고 선정한 책이었다. 사전에 각 가정에서 이야기를 나눌 내용을 학습지로 만들어 전달했다. 아이들과 집에서 간단히 독서토론을 하고 난 후 경험을 공유하기로 했다.

나는 아들과 잠자리 독서를 하면서 책을 읽었다. 제비꽃과 민들레 이야기를 통해 아들이 마음이 아프다며 울먹거렸다. 계절을 향기로 소개할 때는 아이들의 기상천외한 답변에 깔깔 웃었다. 무엇보다 가장 좋은 점은 아이들과 같은 주제로 대화하고 결과물을 만들어 냈다는 것이었다.

비록 독서토론이 전문적이지도 않았고, 구성원들이 모두 독서에 열의가 있지도 않았다. 나는 이 모임을 '얼렁뚱땅 독서클럽'이라고 혼자 이름 붙였다. 구성원들이 전부 적극적으로 참여해 준 것만으로도 의미가 있었다. 아이들에게 책을 읽는 모습을 보여주는 것을 뿌듯해하는 아빠도 있었고, 독서토론을 핑계로 부부간의 대화를 자주 하게 된 날도 있었다. 그렇게 모임은 위대한 한 발짝을 내디딘 것 같았다.

이 기회를 계기로 우리 모임이 일회성 프로젝트로 끝나는 것이 아니라 '책 읽는 것을 즐거워하는 모임'이 되면 좋겠다는 생각을 하게 되었다. 그리고 우리의 작은 영향력이 아이들이 자라는 데 필요한 좋은 경험이 되었으면 싶었다.

8

여전히 부족하지만

한 꼭지의 글을 완성하기까지 시간이 생각보다 많이 걸렸다. 글을 써본 경험이라고는 학창 시절에 썼던 일기와 백일장에 제출한 짧은 글이 전부였다. 초고는 분량을 채우는 데 집중해서 마구 써야 한다고 했지만, 쓰고 지우기를 수없이 반복했다. 남들은 매일 한 꼭지씩 글을 쓴다는데 나는 하루 이상이 걸리는 날도 많았다. 한 문장을 쓰고 나면 다음 문장을 쓰는 것도 어려웠다. 겨우 몇 문장 썼다 싶으면 문단 간의 연결이 어색했다. 말하듯이 쓰면 쉽다고 했는데 단어 하나, 표현 하나도 어려웠다. 글을 쓰는 일이 힘들게만 느껴져 하루에도 수십 번씩 그만둘까 고민하기도 했다.

내 이야기를 쓰면 막힘없이 써 내려갈 수 있을 줄 알았다. 나는 내 경험이 특별한 이야깃거리가 될 것이라 생각했다. 다른 작가들의 책을 읽으면서 나보다 더한 고통과 좌절 속에서도 글을 쓰면서 풀어내는 메시지에 내 글이 초라하게 느껴질 때도 있었다. 끝까지 잘 마무리할 수 있을까 의구심이 들었다. 누가 강요한 것이 아니기에 그만둬도 괜찮았지만, 한편으로는 몇 달간의 노력이 아깝다는 생각이 들었다.

나는 매일 글을 쓰려고 했다. 원고 집필하는 위대한 작가인 척 매일 한 꼭지씩 일정 분량을 썼다. 그와 동시에 글을 잘 쓰기 위한 연습으로 블로그에 일상도 기록했다. 글감을 통해 메시지와의 연결을 고민했지만, 여전히 부족했다. 강의를 들을 때는 글을 잘 쓸 수 있을 것만 같은 자극이 되다가도 막상 글을 쓰기 시작하면 잘 쓰고 싶은 욕심에 점점 더 어려워졌다.

글을 쓰고, 강의를 들으면서 우연한 기회에 서평단에 당첨이 되었다. 먼저 책을 출간한 선배 작가의 선물이 고마워 정성스럽게 책에 대한 리뷰를 남겼다. 사진을 찍고, 글에 대한 내용을 꼼꼼하게 작성했다. 내가 작성한 서평을 누군가가 읽고 책 구매로 이어지는 것이 곧 작가에게 감사를 표현하는 길이라고 생각했다. 글을 작성하고 나서 내 글을 검색창에 검색했다. 결과가 없었다. 뭔가 이상했다.

나에게 블로그는 글을 쓰는 데 필요한 연습장의 역할이 전부였다. 이웃이 없으니 소외수가 낮아도 괜찮다고 생각했다. 하지만 공

나는 번아웃이었다

들여 쓴 글이 검색되지 않으니 기분이 상했다. 원인을 파악해야 했다. 예전 같으면 귀찮다고 하지 않았을 행동이었다. 운영팀에 해당 게시글 누락에 대한 정정 요청을 했다. 내 게시글의 문제점도 살폈다. 여러 가지 원인을 추측할 수 있었는데, 가장 큰 원인은 블로그를 개설하고 몇 년간 방치하듯이 내버려 둔 것이었다. 꾸준하게 블로그를 관리했어야 했다. 뜨문뜨문 올린 비공개 포스팅도 문제였다. 또 한 가지는 게시글을 자주 지운 것이었다. 글을 자주 수정하거나 삭제를 하면 특정 알고리즘에 의해 정상적인 포스팅으로 인식하지 않는다는 것이었다. 이럴 경우 계정을 새로 만드는 것을 추천하는 사람들이 많았다. 몇 달 넘게 꾸준히 글을 썼던 나의 노력이 물거품이 되는 것 같았다. 운영팀에 문의를 하고 며칠을 기다렸지만, 상황은 나아지지 않았다. 결국 나는 새로운 계정을 만들어 원래 있던 게시글을 최대한 원문에 가깝게 복원시켜 옮겨 놓았다.

남편이 하루 종일 컴퓨터와 씨름하고 있는 내 모습을 보고 한심해했다. 뭐 그리 대단한 글을 쓴다고 하루 종일 컴퓨터를 붙잡고 있냐고 면박을 줬지만 개의치 않았다. 글을 쓰는 것은 무언가를 꾸준히 하고 있다는 증거였다. 누군가 나의 글을 알아주지 않아도 괜찮았다. 하지만 내가 여기에서 글을 쓰는 것을 포기한다면 그동안의 나의 노력과 마음가짐이 헛되이 버려지는 것 같아 안타까웠다.

새로 블로그 만들면서 이전보다 훨씬 더 정성스럽게 글을 포스팅했다. 글의 내용도 중요했지만 보기 좋게 만들면 더 좋을 것 같았다. 블로그의 기능들을 익힌 다음 나에게 맞는 게시판을 설정했다. 유명 블로거들처럼 사람들과의 교류가 많지 않더라도 천천히 하고 있다는 것만으로도 위안이 되었다.

얼렁뚱땅 독서모임의 정산 날이었다. 지자체 예산을 지원받아 동아리 활동을 하면 공짜로 책을 사볼 수 있으니 좋겠다며 부러움과 시샘의 소리를 들었다. 장점이 많았지만, 정산을 위해서는 예산을 사용한 내용에 대한 증빙자료를 제출해야 했다. 해당 양식과 순서에 맞춰서 자료들을 모두 첨부하는 일은 생각보다 복잡했다. 준비해야 하는 일도 많았다. 가장 어려웠던 것은 강사 초청 비용 지출에 대한 내용이었다. 모임을 지속하면서 구성원들은 다양한 의견을 냈고, 그중 하나가 자녀교육에 대한 전문 강사를 초빙하여 소규모 교육을 받자는 내용이었다.

예산으로 강사 비용을 지출하려니 제약이 따랐다. 시간당 강의료와 원고료의 상한선이 있었다. 강사를 초빙하는 것도 처음인데, 현금 지출 시에는 세금 문제도 발생했다. 세금에 대해서 아무것도 모르는 상태였다. 머리가 복잡했다. 왜 내가 이런 모임을 책임지고 운영하려고 했는지 내 오지랖이 원망스러웠다. 국세청과 지방 세무서에 관련 내용을 문의하여 세금에 대한 부분부터 하나씩 정리했다. 인터넷에 관련 글을 검색하여 해당 글 작성자에게 메일로 관련 내용은 문의해 보기도 했다. 여러 명의 강사에게 전화를 돌려 해당 날짜에 강의가 가능한지를 묻고 스케줄을 조정했다. 마지막까지 강사비가 제대로 협의되지 않아 낙심하고 있었던 찰나, 부족한 부분은 사비로 지출하자는 의견으로 결정되었다. 강사도 문제를 도와주기 위해 여러 차례에 걸쳐 온·오프라인으로 강의를 하는 것으로 최종 마무리가 되었다.

예전에는 귀찮다는 이유로, 모른다는 이유로 아무것도 하지 않고 내가 할 줄 아는 것만 했다. 그러나 달라졌다. 과거엔 시도보다 포기가 더 빨랐다면 지금은 내가 납득할 수 있을 때까지 고민하고 즉시 실행했다. 모르면 알 수 있는 사람들에게 의견을 구했다.

아직도 남편은 내가 글을 쓴다고 하는 것에 의문을 가진다. 무언가를 꾸준히 해본 적이 없는 내가 이토록 적극적으로 무언가를 하는 것이 신기한 듯했다. 말은 툭툭 던져도 강의가 있는 날에는 일부러 일찍 퇴근해서 아이들을 돌봐주기도 한다.

나는 여전히 평범한 직장인이었고 아줌마였다. 아이들이 말썽을 부릴 때면 헐크처럼 화를 내는 엄마였고, 하루에도 수십 통씩 전화하는 아버지와 매번 갈등하는 딸이었다. 무기력하게 있었던 삶이 180도로 달라지진 않았지만, 매일 읽고 쓰는 삶을 지속하면서 조금씩 달라졌다. 책 한 번 써보겠다는 꿈을 명확하게 했다. 실천하며 목표에 조금씩 다가가고 있다. 남들이 보기엔 여전히 부족할지 모르지만, 작은 변화만으로도 한 걸음씩 나아가고 있다.

제5장

꿈이 없다고 좌절하지 않기

1

다들 그렇게 살걸?

힘들다고 말하는 사람이 많다. 겉으로 드러나지 않아 잘 모를 때는 다들 잘 사는 것 같지만, 막상 속마음을 들여다보면 사는 데 지쳐있는 사람이 많다. 사람과의 관계 문제, 경제적인 문제, 가족 간의 갈등, 적성과 일에 대한 문제 등 많은 이유에서 힘들다고 한다. 힘들지 않은 사람을 찾는 것이 어려울 정도로 그 이유도 다양하다.

나는 아버지와의 갈등이 가장 힘들었다. 무슨 일을 하실 때면 작은 것 하나라도 나에게 부탁하시는 아버지가 못마땅했다. 대화를 할 때면 불만 가득한 목소리로 짜증을 내기 일쑤였다. 회사와 친정이 가까운 거리에 있어 출근하는 날이면 반드시 친정에 들렀다.
어느 날은 몸이 아파 일주일 동안 출근하지 못했다. 덕분에 아버지의 처리해야 할 급한 일도 일주일간 쌓여 있었다. 몸이 좋지 않다는 딸의 말에도 아버지는 하루에 몇 번씩 전화를 하셨다. 박사학위 논문 심사가 코앞이라 막바지 컴퓨터 작업에 내 도움이 필요했다. 안정을 취해야 한다는 의사의 말은 고려 대상이 아니었다. 일주일의 병가가 끝나고 출근을 하면서 오랜만에 친정집에 들렀다. 회사 점심시간을 이용해서 컴퓨터로 급한 작업을 처리하고 나니, 아버지는 그제야 만족하시는 듯 조급함을 내려놓으셨다. 자식이 아파도 걱정하지 않고 항상 자신의 일이 우선인 아버지가 야속하고 원망스러웠다. 시어머니가 구급차를 타고 병원에 가셔도 자식들이 걱정할까 봐 연락도 조심스러워하시는 시아버지의 모습과 비교가 될 수밖에 없었다. 그렇다고 아버지께 당신은 왜 그러시냐며 따져 물을 수도 없었다. 투덜거리며 화를 냈지만, 그런다고 달라질 아버지가 아니었다. 항상 받아들이는 건 내 몫이었다.

일을 끝내놓고 점심을 먹으며 아버지에 대한 불만을 어머니에게 털어내고 있었다. 경기도에 계시는 외할머니에게서 전화가 왔다. 외할머니는 어머니에게 자주 전화를 하셨다. 안부전화나 용건이 있어서 전화를 하신 게 아니었다. 그날 외할머니의 형제분들이 집에 왔다가 가셨다고 했다. 사람이 옆에 있을 때는 밥도 먹고 이야기도 하고 좋다가, 가고 나니 마음이 허전하다는 투정이셨다.

어머니는 웃고 계시면서도 눈가에 눈물이 맺혀 있었다. 외할머

니는 나이가 드셔서인지 통화를 하실 때마다 부쩍 외롭다며 우신다
고 했다.

멀리 떨어져 지낸지 오래라 자주 만나 뵙지 못하는 마음에 전화
를 끊고도 어머니는 먹먹해하셨다. 어머니는 통화를 끊더니 눈물을
훔치셨다. 당신 나이 겨우 60인데도 외롭다고 느낄 때가 많은데, 할
머니는 오죽하시겠냐며 큰 한숨을 쉬셨다.

"내가 갱년기도 아니고 마음이 싱숭생숭하다고 말했더니, 너거
아빠가 다 편해서 그런 거라고 하는 일이나 잘해라 카더라."

24시간 편의점을 운영하실 때는 잠 한번 실컷 자 보는 것이 소원
이라고 하셨다. 편의점을 그만둔 지금은 잠도 잘 주무시고, 드시는
것도 전보다 훨씬 잘 드셨다. 하고 싶어했던 대학원 공부도 시작하
셨다. 지금은 훨씬 잘 지내시는 줄 알았는데 마음이 힘든 내색을 하
지 않으셨던 것뿐이었다. 모든 것이 귀찮아져 집이 엉망이어도 손
하나 까딱하기 싫을 때가 많다고 하셨다. 오히려 일할 때보다 무기
력해진다는 말을 들으니 나도 마음이 편하지 않았다.

10살 아이가 무슨 깊은 고민을 하고 살겠냐고 생각하는 사람들
많다. 얼마 전 아들의 독해 문제집을 봐주던 남편이 멍하게 있는 아
들의 주의력을 집중시킨다고 책상을 몇 번 쿵쿵 내리친 적이 있었
다. 유난히 피곤해했던 아들은 하기 싫었던 것인지, 서운했던 것인
지 말없이 눈물을 뚝뚝 흘렸다. 아들의 태도에 남편은 화가 나 잔소

리를 해댔다. 내가 아이를 혼낼 때는 깨닫지 못했는데, 다른 사람이 아이를 다그치면 그게 그렇게 마음이 아플 수가 없었다. 흥분한 남편의 어깨를 치며 눈짓으로 내가 마무리하겠다는 신호를 보냈다. 남편은 한숨을 푹 쉬고는 방으로 들어갔다. 거실에는 나와 아들 둘만 남았다. "공부하기 힘들지?" 아들이 조금 진정될 수 있게 기다렸다가 말을 길였다.

아이는 눈물을 꾹 참으며 하염없이 문제집만을 쳐다보며 말했다. "나도 집중하고 싶은데 잘 안돼서 너무 속상해." 평소 그저 어린아이라고만 생각했는데 딴에는 마음과 다른 자신의 모습에 속상해하고 있었다. 안쓰러움과 동시에 아들이 부쩍 자란 느낌이 들었다.

열심히 아등바등하며 노력했던 과거가 떠올랐다. 하고 싶은 것만 하며 살 수 없다고 생각했다. 미래의 행복에만 가치를 두고 스스로를 채찍질했다. 분명 노력하면 더 나은 미래가 반길 거라 믿었다. 현재가 주는 행복에 감사하지 않았다. 만족되지 않으니 불만도 생겼다. 마음대로 살아지지 않는 인생이라며 나만 불행하고 힘들다고만 생각했다. 하지만 80세인 외할머니도, 60세인 어머니도, 30대인 나도, 10살인 아이도 모두 각자의 이유가 있었다. 마음먹은 대로 살아지지 않는 인생. 누구나 그런가 보다.

독서를 하면서 많은 작가들의 경험담을 읽었다. 내가 겪은 고동에 비하면 상상도 하지 못할 만큼의 힘든 시련과 고통을 겪은 사람도 많았다. 덤덤하게 쓰인 책들은 내가 느꼈던 아픔이 별것 아니라고 말하는 것 같았다. 극복의 과정이나 완벽한 해결이 없어도 하루를 살아간다는 작가들의 이야기는 자극이 되었다. 드러나지 않을 뿐 누구나 어려운 삶을 산다고 생각하니 어처구니가 없지만 위로가 되기도 했다.

사람 사는 거 다 똑같다는 말을 싫어했다. 그러나 이제는 지인들이 힘들다고 하소연할 때면 무작정 '힘내'라고 말 하지 않는다. 충분히 힘들 수 있다고 위로하고 공감한다. 그리고 힘든 마음에 너무 몰입하지 않았으면 좋겠다는 나의 바람을 전한다.

자신이 느끼는 좌절, 고통, 상처, 패배감들은 남들과 비교하면 훨씬 크고 아플지도 모른다. 하지만 부정적인 감정에 몰입한다고 해서 나아지는 것은 하나도 없다. 오히려 더 속만 상할 때가 많다.

이제는 속상한 일이 생기거나 어쩔 수 없는 상황 때문에 힘들어지면 그럴 수 있다며 빨리 인정한다. 부정적인 감정이나 상황에 집중하지 않는다. 현 상황에서 할 수 있는 일, 해야 하는 일을 찾는다. 살면서 마음대로 할 수 있는 것은 오직 내 마음 하나다.

2

내 탓하지 않기

어릴 때부터 남의 탓 하지 말라고 배웠다. 남을 탓하는 것은 문제나 결과에 대한 책임을 남에게 미루는 것이라고 했다. 문제의 원인을 자신에게서 찾아야 한다고 배웠고, 남의 탓을 하는 것은 책임감이 없는 태도라고 질책받았다. 자신을 객관적으로 바라보고 남보다 자신에게서 먼저 문제점을 발견하라고 했다. 남의 탓을 하지 않는 것이 올바른 삶의 태도라 생각했다. 남의 탓만 하는 사람들이 미성숙하다고 생각했던 적도 있다. 일이 생기면 가장 먼저 나를 돌아봤다. 나는 습관적으로 남 탓보다 내 탓을 먼저 했다.

중학교 1학년 때 동창인 B와 심하게 다툰 적이 있었다. B는 키가 크고 덩치도 큰 아이었다. 쉬는 시간에 엎드려 있는 내 옆으로 의서 다짜고짜 심하게 욕설을 한 것이 계기였다. B와 친한 것은 아니었지만, 그렇다고 욕설을 할 만큼 사이가 나쁜 것도 아니었다. 처음에는 혼잣말인 줄 알았다. 내게 욕을 할 이유가 없었다. 이후 B의 행동은 점점 더 심해졌다. 내 행동 하나하나를 다 꼬투리 잡았다. 내가 무슨 말을 할 때면 혼잣말인 척했지만, 주변에 다 들리게 욕을 하며 얄미운 행동을 했다. 내가 다른 친구의 험담을 하고 다녔다며 다른 친구와의 사이를 이간질하기도 했었다.

그 친구는 주도적으로 나를 왕따시키려고 했던 것 같다. 당시 나와 친하게 지내는 친구들이 있었지만, 덩치 큰 B의 행동을 적극적으로 말리는 친구들은 없었다. 억울하고 분해 어머니에게 하소연했다. 어머니는 이유 없는 왕따는 없다며, 내가 B의 기분을 상하게 하는 행동을 한 것은 아닌지 나를 먼저 돌아보라고 조언하셨다.

나의 행동을 곰곰이 살펴보았지만, 딱히 이유를 찾지 못했다. 이유 없이 남에게 미움을 받는 것이 힘들었다. B에게 대체 내게 왜 그러냐고 솔직하게 물어봤지만, 대답을 들을 수 없었다. 그 친구와는 끝까지 화해하지 못한 채 졸업했다.

나는 사람과의 관계를 맺을 때 더 조심스러워졌다. 말을 할 때도 상대의 기분을 고려하려고 애썼다. 그전까지만 해도 나를 중심으로 일을 주도적으로 끌고 갔다면, B와의 다툼 이후부터 나는 너무하다 싶을 정도로 내 의견을 배제한 채 다른 사람들의 의견을 더 우선해서 들었다.

군 복무를 할 때도 마찬가지였다. 내가 스트레스를 받는 가장 큰 원인이 나 때문이라 생각했다. 힘들다는 나약한 마음을 가져서, 이해 능력이 부족해서 자꾸만 힘들다고 생각했다. 나의 태도와 마음가짐을 바꾸면 뭐든지 다 잘될 것 같았다. 사람과의 관계도 내 마음만 바꾸면 좋아진다고 생각했다. 동료들이 '여군이라서…'라는 덧붙이는 말이 싫어 회식이나 워크숍도 억지로 참석한 적이 많았다. 술도 많이 마셨고, 분위기 메이커 역할을 자청한 적도 있었다. 일을 못한다고 구박을 받으면 선배들을 쫓아가 알 때까지 끈기 있게 물어보고 규정을 팠다. 그럴수록 지쳐 갔다. 타인과의 관계에서 문제가 생길 때마다 전부 내 탓을 했다. 나만 바꾸면 되니까. 진짜 나는 점점 작아졌다.

진짜 내 모습은 자꾸만 사라지는 것 같았다. 진짜 나와 가짜 나 사이에서 방황했다. 하고 싶지 않은 것을 억지로 하는 날이 늘어갔다. 원래의 내 모습이 아닌, 가식적인 모습으로 지낼수록 사람들을 만나는 것이 힘들어졌다. 몇 사람을 제외하고는 사적으로 사람을 만나지 않기 시작했다. 자발적인 외톨이를 자처했다. 사람들을 만나면 시간과 에너지가 소진되는 느낌이 들어 혼자 있는 시간을 좋아하게 되었다.

일도 마찬가지였다. 모든 것이 내 탓이었으니, 작은 실수라도 하는 날이면 못 견디게 괴로웠다. 자책할수록 업무 부담감은 늘었다. 내게 임격했던 덧에 부족한 사람이고 스스로를 부정적인 사람으로 몰아붙였다. 무언가를 하고 나면 그 결과에 따른 책임이 버거웠다. 아무것도 하지 않아야 책임이 생기지 않았다. 그래야 마음이 편했다.

내가 노력해도 되지 않는 것이 있다는 것을 깨달은 것은 시간이 한참 더 흐른 뒤, 큰아이의 문제로 심리 상담 센터를 방문하고 나서부터였다.

큰아이가 7살 때, 학원을 마치고 온 아이에게 저녁을 먹으며 오늘 하루 어땠냐고 물었다. 아이는 평소 친하게 지내던 친구가 "흥, 너랑 절교할 거야."라는 말을 하면서 학원 차의 문을 쾅 닫고 인사도 안 하고 가버렸다고 했다. 절교라는 말은 나에게 큰 충격이었다. 아이에게 뜻을 물으니, 같이 놀지 않는 것이라며 뜻을 정확하게 알고 있었다. 그 시기의 아이들은 의미 없이 '절교'라는 단어를 쓰고도 또 언제 그랬냐는 듯 잘 어울린다는 시댁 형님의 말은 위로가 되지 않았다. 아이는 아무렇지 않았다. 오히려 내 마음이 문제였다.

아들이 주말에 또래의 친구들과 놀 때면 가끔 무리에 제대로 끼지 못하는 것을 볼 적이 종종 있었다. 다른 친구들은 신나게 팽이를 돌리는데 아들은 심판을 했다. 자신의 좋은 팽이를 다른 친구의 좋지 않은 팽이와 교환하는 행동을 볼 때면, 아이가 친구들과 잘 어울리지 못하나? 하는 의문을 가졌다. 그러면서도 아이가 만족하면 된다고 대수롭지 않게 넘어갔던 적도 많았다. 하지만 '절교'라는 단어

하나에 온갖 나쁜 생각이 들었다.

아이가 너무 바보처럼 행동한다는 생각이 들었다. 친하게 잘 지냈다고 생각한 꼬마 아이들에게도 배신감이 느껴졌다. 나는 아이와 친구들의 행동을 보고 우리 아이의 사회성에도 문제가 있다고 판단했다. 평소 내 탓을 습관처럼 한 탓에 아이의 문제에서도 아이 탓을 하고 있었다. 그길로 가까운 심리상담 센터에 달려갔다.

상담 선생님은 아이가 노는 것을 조금 관찰하더니 상담실로 나와 남편을 불렀다. 그동안의 이야기를 털어놓으니, 아이는 지극히 정상적으로 사회생활을 하고 있는데 엄마가 유난이라고 했다. 한번 또래 관계가 형성되면 그 역할이나 관계를 바꾸는 것이 쉽지 않은 일이라고 솔직하게 말해 주었다. 덧붙여 그 아이들 속에서 관계가 바뀌길 바라는 것은 엄마의 욕심이라고 말했다. 아이를 관찰하던 상담 선생님은 엄마가 괴롭다면 차라리 새로운 관계를 형성해 보길 권유했다. 아이는 다른 집단과 또 잘 어울릴 것이니 너무 걱정하지 말라고 오히려 나를 격려해 주었다.

나는 나에 대한 자신이 없었기에 아이에 대한 자신도 없었다. 모든 것이 내 탓, 내 아이 탓이라고만 생각했던 내가 바보 같았다. 내가 노력한다고 달라지는 것이 없는 관계도 있다는 것을 전문가의 말을 듣고 나서야 비로소 제대로 이해했다.

이사를 하면서 아이는 아는 친구가 한 명도 없는 학교에 입학하였다. 적성과 달리 수발이년 같이 놀자는 전화가 올 정도로 친구들과의 사이도 좋다. 같은 반 여자 친구들에게는 카톡 메시지도 온다. 학부모 상담 때 담임 선생님께 아이의 교우관계를 물으니 친구들과 잘 지낸다는 긍정적인 답변을 들었다. 학년말 아이의 롤링페이퍼에는 "너는 너무 재미있어." "너는 너무 웃겨." 이런 긍정적인 메시지들이 적혀 있었다. 안심이 되었다. (물론 아들은 아직도 그때의 친구들과 더 친하다고 말하지만, 내 걱정보다 학교에서 친구들과 잘 지내고 있는 것처럼 보인다.)

내 탓만 하다가 자책과 자기부정으로 스스로를 힘들게 했다. 이제는 내 탓, 남 탓 하지 않는다. 책임감을 핑계로 과도하게 스스로를 탓하지도 않는다. 아들의 친구 관계에 대해서도 전처럼 흔들리지 않는다. 내가 좋아하는 사람이 나를 좋아해 주면 더없이 좋은 일이다. 하지만 내가 좋아하는 사람이 반드시 나를 좋아하는 것은 아니라고 아이에게 말해 준다. 상대가 나를 좋아하지 않는다고 해서 내 탓이라 생각하지 않아도 된다고 아들에게 조언을 건넨다.

내 탓을 하며 오직 나만이 상황을 바꿀 수 있다고 생각하지 않는다. 일이 생기면 충분히 그럴 수 있다고 받아들인다. 탓하지 않고 상황을 인정하는 것이 오히려 다가올 수많은 가능성의 길을 걷게 한다는 것을 잊지 말았으면 좋겠다.

3

머리를 좀 더 가볍게

매일매일 피곤했다. 우울증이라고 생각하진 않았지만 늘 몸과 마음이 지쳤다. 조금만 움직여도 늘 피로감이 느껴졌고 의욕이 없었다. 목과 어깨의 근육이 아파 어느 날은 손에도 통증이 나타났다. 시도 때도 없는 편두통 때문에 항상 두통약을 챙겨야 했다. 만성 위장병을 달고 살았다. 현대인이라면 누구나 겪는 증상이라 생각하고 넘기다가 내가 겪고 있는 증상이 '번아웃 증후군', 무기력증이라는 것을 알았다.

갑상선 기능검사나 다른 내과적인 질환은 없었다. 그러나 매일 마시는 맥주 2캔은 스스로 술에 대한 의존도가 높다는 판단이 들게 했다. 무기력하다는 상태를 객관적으로 파악하고 있었지만, 무언가를 해야 할 의지가 생기지 않았다. 무언가라도 해야 한다는 의식과 피곤함이 부딪힐 때마다 멍하게 시간을 보내는 내 모습이 한심해 자괴감이 들었다. 인터넷에 나와 있는 수많은 극복 방법들을 따라 해보았지만 잠깐 며칠뿐, 오래가지 않았다. '도대체 어떻게 해야 극복될 수 있을까?' 고민해 보다가 스스로 몇 가지 결론을 내렸다.

첫째, 단순하게 고민할 것.
어떤 일을 할 때면 고민하는 시간과 과정이 힘들었다. 우유부단해서 결정을 쉽게 내리지 못하는 성격인 나를 남편은 '결정 장애'라고 불렀다. 남들과 점심을 먹을 때면 흔한 메뉴 선택조차도 내 의견보다 남의 의견에 따랐으니 선택은 늘 어려웠다.

문제가 생기면 빠른 시일 내에 해결점을 찾기보다 이것저것 재고 따졌다. 결정하는 데까지 많은 시간이 걸리기도 하지만, 적절한 결론을 내리지 못하고 마음은 마음대로 소진되는 날이 많았다.

글을 쓰면서 선택에 확신이 들지 않을 때면 스스로에게 무력감이 들어 자존감이 바닥을 친다는 것을 알게 되었다. 그래서 고민을 할 때면 단순하게 생각하니 훨씬 도움이 되었다.

아이의 영어 수업을 선택할 때도 마찬가지였다. 학원을 보내느냐, 방과 후 수업을 하느냐의 문제였다. 방과 후 수업을 하게 될 경우 수업을 마치고 비는 시간을 어떻게 보낼 것이냐, 축구는 어떻게 할 것이냐는 문제들이 발생되었다. 남편과 시누이와 고민해 봐도 쉽게 결정할 수 없었다. 고민한다고 답이 척척 나오지도 않았다. 그래서 단순하게 아이의 선택을 우선으로 'yes', 'no' 선택지를 작성하여 판단하였다.

- 영어수업이 필요한가? yes
- 학원을 보낼 것인가? no
- 방과 후 수업은 할 것인가? yes
- 비는 시간이 있어도 보낼 것인가? yes
- 1시간 휴강시간을 학교에서 보낼 것인가? no
- 그렇다면 휴강시간에 집에 왔다가 다시 시간에 맞춰서 학교로 갈
  것인가? yes
- 축구시간은 조정가능한가? yes

단순하게 'yes', 'no'로 나누자 결정이 쉬웠다. 파생되는 문제가 없는 것은 아니었지만, 일단 부딪혀 보기로 하였다. 아이는 생각보다 시간표를 잘 지키며 따라와 주었다. 중간 중간 아이가 힘들어하거나 피곤해 할 때면 수정 가능한 시간들을 조정했다. 아이의 의견과 나의 의견을 잘 반영하기 위해 체크 리스트도 만들었다. 일단 실천해 보고 보름에 한 번씩 의견을 나누어 수정하니 문제가 비교적 간단하게 해결되었다.

둘째, 인정할 것.

노력의 결과가 어떤 일을 잘할 수 있는 능력이라 한다면, 노력하여 능력을 발휘하는 것만큼 멋진 일은 없다. 하지만 노력한다고 모든 일이 다 잘될 것이라는 막연한 생각은 하지 않기로 했다. 누군가는 《시크릿》처럼 생각만 해도 우주 만물이 돕는다고 했다. 하지만 원하는 대학에 가고 싶어 공부를 열심히 했지만, 그 결과가 반드시 입학이 아니듯, 나의 노력으로도 안 되는 것이 있다는 것을 받아들였다. 그렇다고 '서울대는 글렀으니 아예 공부를 하지 않겠다.'와 같은 태도로 포기하지도 않았다.

무언가를 하고 싶지 않은 날에는 그런 날이 있다는 것을 인정했다. 억지로 무언가를 해야 한다고 의식하거나 강박관념을 가지지 않았다. 그냥 그럴 수도 있는 일이라고 인정하니 마음이 한결 가벼워졌다.

셋째, 누워있지 말 것.

아무 일을 하지 않아도 게으르고 무기력했다. 누워있으면 몸을 더 움직이기가 싫어졌다. 누워있을 때면 잠을 자거나 스마트 폰에만 몰입했다. 낮잠을 자면 밤에 잠이 제대로 오지 않았다. 밤에 스마트 폰을 보기 시작하면 중요한 것도 아니면서 밤새는 날도 있었다. 충분한 수면이 될 리가 없었다. 수면 부족은 생활에 더 악순환을 가져왔다. 쉽게 짜증 내고 금방 피곤해졌다. 생활습관을 바꿔야 했다. 잘 때를 제외하고는 누워있지 않으려고 했다. 거실에 놓인 의자에 앉아 있거나 부엌에 있는 의자에 앉았다. 의자에 앉아 있으니 누워있을 때보다 엉덩이 떼기가 훨씬 쉬웠다. 거실 식탁에 앉을 때면 책을 보거나 노트북으로 글을 썼다. 스마트 폰을 의도적으로 멀리하려고 했지만, 쉽지 않았다. 대신 온 가족이 거실 식탁에 둘러앉아 각자 스마트 폰을 하는 시간을 가졌다. 누워있지 않은 것만으로도 충분했다.

무슨 일을 할 때 깊게 고민하지 않았다. 그냥 밥 먹듯, 숨 쉬듯 그냥 했다. 일이 많으면 우선순위를 정해서 반드시 해야 할 일 몇 가지에만 집중했다. 하지 못하는 것에 연연하지 않았다. 물리적인 시간의 한계를 인정하고 할 수 없는 것에, 되지 않는 것에 집착하지 않으려 애썼다.

몇 가지 큰 원칙을 정했다. 1순위는 아이들과 시간을 보내는 것이었다. 그 외에는 매일 블로그에 기록 남기기, 정해진 분량의 원고 쓰기, 책을 읽는 것에 집중하였다. 그날그날 할 일이 있을 땐 체크리스트를 작성해서 기한을 정해 놓으니 삶이 조금 정리가 되는 것 같았다.

요즘은 조금씩 계획을 세워서 할 수 있는 일을 하려고 하다 자연스럽게 삶은 성취감들이 늘어간다. 성취감이 늘수록 점점 삶에 만족감도 생긴다. 나도 할 수 있는 사람이라는 자기 긍정도 느껴진다.

이따금씩 아무것도 하고 싶지 않은 날이 찾아오기도 하지만, 전처럼 손 놓고 아무것도 안 하진 않는다. 반드시 해야 하는 것과 하지 않아도 괜찮은 것들을 구분한다. 그리고 해야 하는 일은 복잡하게 생각하지 않으면서 핑계 대지 않고 한다. 단순해지니 평안해진다.

4

천천히, 서두르지 않고

가족이 함께 외출을 하려고 하면 나는 항상 남편보다 준비가 빠르다. 두 아이를 외출 준비시키고, 가방에 마실 물이나 간단한 준비물을 챙기는 것은 나의 몫이다. 서둘러 신발까지 신고 나갈 준비를 마치면 남편은 그제야 양말을 신는다. 가스 밸브, 형광등을 점검하고, 창문이 열린 곳은 없는지 일일이 확인한 다음에 집을 나서는데 그때마다 속이 터져서 남편에게 잔소리를 퍼붓는다. 꼼꼼한 남편 덕분에 잊은 것은 없는지 한 번 더 확인하게 되지만 매번 정해진 시간보다 늦게 되니 남편은 외출 때마다 나의 잔소리를 들어야 했다.

아이들이 한글을 익힐 때였다. '엄마표 책 육아'로 아이들을 키운 수많은 작가, 파워블로거, 인플루언서들처럼 아이들을 가르치고 싶

나는 번아웃이었다

었다. 한글을 따로 공부하지 않아도 책을 많이 읽어주면 자연스럽게 한글을 깨친다고, 읽기 독립이 되는 기적을 경험한다고 해서 어릴 적부터 책을 많이 읽어주었다. 하지만 남의 집 자식들과 달리 우리 아이들은 6세가 될 때까지 한글을 읽을 줄 몰랐다. 또래 아이들은 자기 이름을 썼지만, 우리 아이들은 이름을 그리는 정도였다. 초등학교 교사인 친구가 학교에 입학하면 한글을 배우지만 가급적 취학 전 한글 익힐 것을 권유했다. 6세부터 한글을 익히고, 7세에는 간단한 그림책을 읽는 정도까지 아이를 연습시켜야 했다.

취학 전 아동의 한글 익히는 방법은 다양하겠지만, 나는 좀 무식하게 '가갸거겨고교....'로 된 한글 벽보를 거실에 붙여놓고는 자모음절식으로 아이들을 가르쳤다. 어린이집 보육교사로 근무하는 시댁 형님은 내가 고지식하다며 혀를 찼다. 요즘은 통문자(파인애플, 파김치, 파도와 같이)로 단어를 보고 읽으면서 공통적인 글자를 보고 익힌다고 했다. 나는 아이가 단순히 글자를 익히기보다는 더 나아가 소리 나는 대로 글자를 쓸 수 있게 하고 싶었다. 그래서 아이가 힘들어해도 내 방식을 고집했다. '가나다' 순으로 매일 새롭게 학습하는 부분, 배운 부분 전체 복습, 다음 날 익힐 내용을 예습했으니, '하'를 배우는 날이면 '가'부터 '파'까지 전부를 복습해야 했다.

큰아이는 그래도 비교적 잘 따라왔다. 받침이 있는 글자, 된소리, 겹받침, 이중모음은 힘들어했지만, 익히고 나서 그림책을 매일 세 줄 쓰기까지 큰 무리 없이 한글을 익혔다. 문제는 작은 아이였다.

작은 아이는 말은 잘했다. 자신의 감정을 말로 곧잘 표현했기에 한글도 금방 익힐 줄 알았다. 하지만 둘째와 한글 공부를 하면서 나는 둘째가 머리가 지독히 나쁘다고 생각했다. '고모'라는 단어를 한글 벽보에서 찾으라 하면 둘째는 망설이기만 했다. 모음이 동일하니 'ㄱ'과 'ㅁ'에서 찾으면 된다는 것을 큰아이는 눈치로라도 알았지만, 둘째는 무조건 모른다고만 했다. 100번을 가르쳐 줘도 100번을 모른다고 대답할 때마다 울화통이 터졌다.

세종대왕이 한글을 창제한 후 "지혜로운 사람은 아침이 채 지나기 전에 이해하고, 어리석은 사람은 열흘이면 알 수 있다."라고 말했다고 한다. 유아 한글책에도 보통 3개월 정도 익히면 한글을 어느 정도 알 수 있다고 했으나 둘째는 6개월이 지나도 제대로 몰랐다.

"아진아! 이제 이 정도 했으면 알아야 해! 모른다는 건 말이 안 돼!"라고 화를 내며 아이를 다그쳤다. 보통의 속도보다 더디게 한글을 익히니, 성격이 급한 나는 아이가 너무 답답했다. 비교하지 말아야지 생각하면서도 둘째가 모른다고 말할 때면 첫째와 비교했다. 딸은 "엄마는 오빠만 좋아해!"라고 씩씩대며 말했지만, 내가 저를 6개월 넘도록 어떻게 가르쳤는데 뻔뻔하게 모른다고 말하는지 밉기만 했다. 눈치껏 대답이라도 하면 좋으련만 대답을 강요하면 눈물만 뚝뚝 흘렸다. 내 배로 난 자식이지만 바보 같다고 생각한 적도 많았다. 아이마다 익히는 속도가 다르다는 것을 인정하지 않고 다그치기만 했다.

둘째는 1학년이 되었고, 지금은 읽고 쓰기를 수월하게 해낸다. 물론 정말 소리 나는 대로만 써서 받침을 자주 틀리긴 하지만, 내가 염려했던 것보다 잘하고 있어서 오히려 기특할 정도다. 책을 읽는 것도 좋아한다. 큰아이는 책을 좀 읽으라고 잔소리를 하면 거들떠보지도 않지만, 둘째는 혼자 학습만화도 꺼내어 본다. 좋아하는《신데렐라》나《백설공주》같은 그림책은 연기까지 하며 읽는다. 다 자신의 속도대로 자라는데, 나는 무엇이 그리 급하다고 아이를 비교하고 다그치면서, 화내고 혼을 내었나 싶다.

유설화 작가의 《슈퍼거북》이라는 그림책에는 토끼와의 달리기 경주에서 이긴 거북이의 이야기로 시작된다. 빠른 거북이가 된 주인공 꾸물이는 주변의 기대를 실망시키지 않기 위해 피나는 노력을 해서 정말 빠른 거북이가 된다. 그러나 그 과정에서 잠을 제대로 자지도 못하고, 고된 훈련 후 폭삭 늙은 외모를 가지게 된다. 꾸물이는 슈퍼거북이가 되는 과정에서 자신이 원하던 삶이 아니었다는 것을 깨닫는다. 경기에서 진 것이 억울했던 토끼는 다시 달리기 경주를 제안하고, 꾸물이는 재경기에서 토끼에게 진다. 경기에 졌지만, 거북이는 원래 자신의 모습으로 돌아가 행복을 찾게 된다는 이야기이다.

나는 모든 일에서 빠른 결과만 바란 적이 많았다. 글쓰기도 마찬가지였다. 글쓰기에 재능이 없으니 하나의 글을 완성하는 데도 많은 시간이 걸렸다. 글을 쓰면서도 '내가 포기하지 않고 끝까지 할 수 있을까?' 끊임없이 의심했다. 보통의 작가들은 하루에 한 꼭지를 의무적으로 쓰면 평균적으로 초고를 완성하는 데 40일 정도가 걸린다고 했으나 나는 그보다 시간이 좀 더 걸렸다. 하지만 포기하지 않았고, 내가 할 수 있는 만큼 매일 조금씩 꾸준히 썼다. 글을 쓰기 시작하면서 책도 꾸준히 읽기 시작했다. 약속 장소에서도 읽고, 점심 식사 후에도 틈만 나면 책을 펼쳤다.

매일 읽고 쓰기를 몇 달간 지속했다. 한 편의 글을 쓸 만한 주제나 소재가 마땅치 않을 때는 블로그에 일상을 간단히 기록하기도 했다. 글을 한 편 쓰는 시간도 많이 줄었다. 여전히 글을 쓰는 것이 어려웠지만, 매일 조금씩이라고 끄적거리며 연습했다.

과거에 나는 빠른 성과를 기대했다. 기대에 미치지 못하는 스스로에게 좌절했었다. 성과를 내지 못할 때면 그럴 수밖에 없었다며 나 자신을 합리화한 적도 많았다.

이제는 달라지기로 했다. 달라지고 있다. 조금씩, 천천히 나만의 속도로 살아간다. 두렵지 않다.

하고 싶은 말은 내뱉기

하고 싶은 말을 다 하고 사는 사람들을 보면 '세상 참 편하게 산다.'는 생각이 든다. 하고 싶은 말을 다 하며 사는 사람들은 많지 않을 것이다. 다른 사람과의 관계를 중요하게 생각해서, 상황을 불편하게 만들까 봐, 좋은 게 좋은 거니까 말하고 싶어도 참는 경우도 많다. 그런데 정작 해야 할 말을 하지 않으면 감정이 쌓여 마음이 불편할 때도 있다. 특히 다른 사람에게 하고 싶은 말을 참았다가 나중에 하는 경우, 관계가 틀어져서 오히려 전보다 못한 사이가 되기도 한다. 남의 눈치를 보며 말하다 보니 정작 하고 싶은 말은 못하고 자신의 생각이나 욕구와 반대되는 행동을 할 때도 있다. 그럴 때면 스트레스를 받거나 우울, 무력감을 느끼기도 한다. '하고 싶은 말은 해야 병이 나지 않는다.'는 말이 여기에서 나온 말일 것이다.

나는 거절을 잘 못한다. 남의 부탁을 들어준 후 감사와 인정, 칭찬을 들을 때면 내가 꼭 괜찮은 사람으로 느껴져 만족감이 들었다. 사람과의 관계에서 상처받는 것이 싫어서 사람을 잘 사귀려고 하지 않았지만, 잘 지내는 몇 명에게는 간이고, 쓸개고 다 내어 줄 것처럼 지냈다. 그런 나를 남편은 호구라고 놀렸지만 나는 괜찮았다.

눈 뜨면 출근, 퇴근하면 집. 특별히 무언가를 해야겠다고 마음먹어 본 적이 없었다. 하고 싶은 것도 없이 시간을 보냈던 무기력한 나였기에 책을 쓰겠다고 마음먹은 것은 엄청난 변화였다. 무엇 하나에도 심드렁하게 반응했었는데, 해보려는 의지는 나를 움직이게 하는 것 같았다.

글을 쓰기 시작하면서 읽고 싶은 책도 잔뜩 주문했다. 목차를 정하고 겨우 고민해서 글을 쓰려는데 시댁 형님에게서 연락이 왔다. 어린이집 아이들의 일 년 동안의 성장과정을 동영상으로 만들어야 한다는 것이었다. "동서, 금요일까지 어린이집 졸업 동영상을 만들어야 하는데…." 형님이 이 말만 꺼내도 나는 흔쾌히 부탁을 들어주겠다고 걱정하지 말라고 말했다. 형님에게 동영상을 만드는 방법을 이미 가르쳐 줬지만, 컴퓨터에 익숙하지 않은 형님은 동영상을 만들 때면 힘들어했다. 나는 이미 만들어 놓은 샘플이 있어서 반나절이면 집중해 빠르게 만들 수 있었다. 도와 달라고 하는 지점저인 부탁이 없어도 내가 먼저 나서서 형님을 도왔다. 형님과 친하게 지내

나는 변아웃이었다

는 선생님의 몫까지 3일에 걸쳐 15분짜리 동영상 2편을 만들었다.

형님과의 통화가 끝난 뒤 평생교육원에서 사회 복지 공부를 하고 있는 작은어머니에게서도 전화가 왔다. "5일 만에 여덟 과목의 과제를 제출해야 하는데…." 여기까지만 말을 꺼내도 나는 흔쾌히 내가 도와드린다고 말했다. 남의 일을 내 일처럼 돕는 평소의 습관대로 고민하지 않고, 사전 자료들을 조사해서 어떻게 과제를 완성해 나가야 하는지 과제의 구성을 도왔다. 한 주 동안 일이 몰렸다. 나의 일이 아니라 부탁받은 일, 좀 더 정확하게는 내가 도와준다고 먼저 나선 일이었다.

사실 내 일에는 기한이 없었지만 한 주간 책을 읽고 글을 쓰겠다는 나의 계획은 이미 저 멀리 안드로메다에 있었다. 흔쾌히 돕는다고 말했지만 시간이 부족했다. 5일 안에 두 사람의 일을 도와야 하기에 밤 11시가 넘는 시간까지 컴퓨터 앞에 앉아 끙끙거리고 있자 남편이 혀를 찼다. 자신에게 주어진 일도 못하면서 남의 일을 거절하지 못하고 덥석 받아오는 호구 짓을 한다고 답답해했다. 할 수 없다고 말했어야 했는데, 거절의 말을 하지 못한 내가 바보같이 느껴져서 애꿎은 자판만 두드렸다.

군 복무 시절, 자료 관리를 담당했었다. 항공기 사고나 특이 비행이 있을 때면 관련 자료를 분석하고 데이터화해서 관리하는 일이었다. 가끔 타부서에서 정식적인 절차가 아니라 전화로 급하게 자료를 요청하는 경우가 있었다. 군 생활에서 하늘같은 선배의 부탁이나 지시를 거절하는 것은 상상할 수도 없는 일이었다. 친분이 있는 경우에는 더 어려웠다. 계급이 주는 위계질서는 생각보다 강력했다. 선뜻 대답하기가 어려웠지만, 비공식적으로 자료를 줄 수 없다고 요청을 거절했다. 책임이 걸린 문제이기도 했지만, 정당하지 않다고 말하는 것이 옳다는 판단에서였다. 한 부서의 요청을 들어주면 다른 부서의 요청도 거절할 수 없었다. 선례를 남기고 싶지 않았다. 까마득한 후배가 정식 절차를 요구하니 싸가지가 없다고 말하는 선배들도 종종 있었다. 그래도 할 말을 하고 나니 그 이후부터는 친분을 이용하거나 직급을 앞세워 부탁하는 일이 없었다.

지인에게서 전화 왔다. 지인이 구상 중인 사업에 필요한 디자인 시안에 대한 내용이었다. 그 전에도 지인의 부탁으로 간단하게 인터넷에서 이미지를 따다가 비슷하게 배너 작업을 몇 번 해준 적이 있었다. 아마추어의 솜씨였지만, 결과물이 제법 괜찮았다. 비용이 들지 않는 것이 가장 큰 장점이었을 것이다. 부탁은 항상 어려운 법이다. 내게 적극적으로 도와달라고 말하지 않고 어렵다고 빙빙 에둘러 말하는 것이 느껴졌다. 평소라면 선뜻 도와준다고 했을 테지만, 이번에야말로 확실하게 거절했다.

"어쩌죠. 제가 시간이 있으면 도와드릴 텐데…, 지금 가족에게 일이 생겨서요. 톡으로 어플이랑 사이트 링크 몇 개 보낼게요. 생각보다 쉽게 만들 수 있어요. 제가 하는 것보다 훨씬 예쁘게 잘 나와요. 한번 살펴보세요."라며 거절했다.

이후 지인은 나에게 더 이상 비슷한 요구를 하지 않는다. 평소라면 나의 조언을 물어보기라도 했을 텐데, 의견을 구하지도 않았다. 원래 내 도움 없이도 할 수 있는 일이라는 것을 깨닫고 나니 조금 서운하기도 했지만, 오히려 한번 거절하고 나니 홀가분했다.

글을 쓰고 있다고, 책을 출간하고 싶다는 사실을 가족을 제외하고 다른 사람들에게 말하지 못했다. 형편없는 글솜씨와 내 이야기가 부끄러웠다. 타인에게 할 수 없는 말을 블로그에 글로 썼다. 남들의 관심과 상관없이 스스로 일상을 기록하며 나의 감정이나 욕구와 같은 날 것들을 솔직하게 토해냈다. 남의 눈치를 보지 않는 것만으로도 좋았다. 화가 나면 화가 난다고, 슬프면 슬프다고 썼다. 솔직하게 쓰고 나니 답답했던 마음이 시원해졌다. 과거 나의 경험을 쓰면서 나의 행동을 고민하게 되었다. 더 이상 회피하지 않았다. 원인을 알게 되고 반성했다. 의미 없는 행동도 줄였다. 하고 싶은 말을 참지 않고 내뱉고 나니 점점 진짜 내 모습이 보였다. 내가 원하는 모습도 선명해졌다. 남에게 상처 주는 말이 아니라면 하고 싶은 말은 하고 살자고 다짐한다.

6

할 수 있는 것만 해도 괜찮아

'미라클 모닝', 자기계발 분야에서 빼놓을 수 없는 키워드다. 최근 시작한 SNS에는 하루에도 미라클 모닝이라는 태그가 달린 게시 글이 넘친다. 새벽 독서, 새벽 명상, 새벽 운동, 새벽 영어공부 등 다양하다. 미라클 모닝을 실천하는 사람들은 공통적으로 새벽에 일어나서 자기계발을 하는 일을 찬양한다. 새벽, 자신에게 몰입하는 시간은 성장하는 계기가 라고 입을 모아 말한다. 일찍 일어나는 것이 힘들다면 꼭 새벽이 아니어도 자신을 위한 일정한 시간을 보내고 좋은 습관을 만들라고 한다. 사람마다 시간은 공평하게 24시간이 주어진다. '미라클 모닝'은 잠을 줄여 새벽시간을 효율적으로 보내는 것이 더 노력하는 삶이라고 말하는 것 같았다.

나는 하루 종일 사무실에 앉아서 일을 한다. 사무직에 있는 사람들이라면 공감하듯, 앉아서 하는 일은 대체로 활동량이 적다. 신체를 움직이는 일이 적으니 살이 쉽게 쪘다. 살이 찌고 나서부터 운동의 필요성을 느꼈다. 고관절에 통증이 와서 제대로 걸을 수가 없었다. 재활의학과와 정형외과를 두 달간 다니고서야 살을 빼자는 결심을 했다.

살을 빼려면 적게 먹고 운동을 해야 했다. 운동을 할 수 있는 시간을 살폈다. 새벽 5시 30분 기상, 아침준비, 남편의 도시락 준비, 출근 준비를 모두 마치고 나서 7시에 집에서 나왔다. 다른 사람들이 출근하기 전에 사무실 정리를 끝내려면 일찍 나서야 했다. 일과가 끝나 사무실을 정리하고 퇴근할 때의 시간은 저녁 6시 30분, 그리고 집에 도착하면 저녁 7시가 조금 넘었다. 그때부터 아이들이 잠들 때까지 아이들과 시간을 보내야 했다. 하루에 고작 3시간 정도였다. 그 시간만큼은 아이들에게 집중하고 싶었다. 아이들의 숙제 지도나 학습을 봐주면 그마저도 시간이 부족했다. 새벽에 일찍 일어나야 했어도 취침시간은 11시였다. 하루 24시간 중 나를 위해서 무언가를 할 수 있는 시간은 없는 것 같았다. 운동을 하고 싶어도 시간이 부족했다.

남들은 하루에 10분 홈트라도 하라고 했다. 집에서 유튜브 영상을 틀어놓고 팔굽혀펴기를 하고 있으면 등에 올라타는 아이들 때문에 집중할 수 없었다. 할 수 있는 일은 새벽 기상시간을 앞당기는 일뿐이었다. 처음 3일간은 일찍 일어나 열심히 운동했다. 그러나 이 핑계 저 핑계를 대며 빠지는 날이 많아지면서 금방 포기했다.

운동이 제대로 되지 않으니 먹는 식단을 관리하려 했다. 매일 술을 마셔서 살이 급격히 쪘기에 일단은 술 마시는 걸 조금 줄이면 몸무게도 줄 것이라는 생각이 들었다. 금주나 금연을 결심하는 사람들은 굳은 결심을 하고 한 번에 강한 의지로 끊어야 한다고 말했다. 며칠은 술을 먹지 않았다. 하지만 금주 결심은 3일이면 언제 그랬냐는 듯 없던 일이 되었다.

"의지가 없고 시간이 없어서, 할 수 있는 여건이 되지 않는다."라는 말은 핑곗거리였다. 할 수 없는 것에만 집중하니 내 의지가 겨우 이 정도밖에 되지 않나 싶었다. 스스로가 한심했다. 의지와 달리 잘되지 않을 때면 '나는 안 돼.'라는 부정적인 생각이 꼬리에 꼬리를 물고 늘어졌다. 자존감도 바닥이었다.

맨 처음 글을 썼을 때를 생각했다. 처음에는 하루에 한 꼭지 쓰는 것도 어려웠다. 글을 쓰는 시간이 모자랐다. 글을 쓰는 일은 해야 할 일이 늘어난 것과 같았다. 할 일은 늘었는데 시간은 똑같이 사용하고 있었으니, 시간이 없는 건 당연했다. 잠자는 시간을 줄이던가, 깨어있는 동안에 다른 일을 포기하고 글을 쓰는 데 시간을 들여야 했나. 남늘은 시간을 잘 관리한다는데 나는 계획을 세워도 잘되지 않을 때가 많았다. 시간을 효율적으로 사용하는 방법을 몰랐다.

글을 쓰는 데 시간이 많이 걸린다는 것을 감안해 아침에 출근하면 사무실을 정리하고 나서 곧바로 글을 쓰기 시작했다. 아침부터 쓰기 시작한 글쓰기는 하루가 다 지나도록 마무리되지 않는 날이 허다했다. 그래도 한 가지 확실한 것은 집에서 쓸 때보다 사무실에서 좀 더 집중이 잘된다는 것을 알았다. 가끔 평소보다 30분 일찍 일어나는 날이면 무조건 집에서 나왔다. 출근시간까지 핸드폰을 만지던 과거와 달리 사무실에 일찍 도착해서 글을 썼다. 잠자기 전에는 다음날 쓸 글에 대해 생각했다. 피곤해서 글감을 생하지 못하고 잠드는 날이면 출근하는 차 안에서 어떤 이야기를 쓸지 생각했다. 점심시간 전후 10~20분의 작은 시간도 이용했다. 틈틈이 책을 읽는 것처럼 글도 틈틈이 썼다. 행사나 다른 일정 때문에 혼자 사무실에 있는 날이면 아무런 방해도 없이 글을 쓸 수 있었다. 글을 쓸 수 있는 시간이 생기면 무조건 글을 썼다. 의미 없이 스마트폰이나 인터넷을 하는 시간을 줄였다. 할 수 있는 것에 집중했다. 시간을 쪼개 할 수 있도록 만들었다.

금주 습관도 마찬가지였다. 매일 맥주 2캔을 마시다가 점차 마시지 않는 날의 횟수를 늘려갔다. 2일에 한 번, 3일에 한 번. 일주일에 한 번. 할 수 있는 만큼만 해도 좋았다. 마음먹은 대로 조금씩 하다 보니 할 수 있다는 자신감이 점점 늘었다.

사무실에 종종 결재를 받으러 오는 앳된 직원 P가 있다. 대학 졸업 후 바로 공무원 시험에 합격하여 임용된 직원이었다. P는 늘 생글생글 웃으며 싹싹했다. 업무를 함께하는 것은 아니었지만, 젊은 친구답지 않게 솔선수범하는 것이 눈에 띌 정도로 열심히 하는 친구였다. 맡은 일을 잘하고 싶어했고 잘해야 한다는 부담감을 가지고 있는 것이 눈에 보여 괜히 마음이 가는 직원이었다.

결재받고 나와 한숨을 쉬는 P를 붙잡고 간식을 건넸다. 직장생활 4년 차라 누군가에게 조언할 정도는 아니지만, 그래도 군 생활로 나름 산전수전 겪어본 터였다.

"힘들지요? 너무 열심히 하면 코피 터져요. 쉬엄쉬엄해요."라고 말을 건넸다. P는 대답 대신 웃음 짓는 표정으로 한숨을 쉬었다.

잘하고 싶은 마음, 잘해야 한다는 부담감 등을 내려놓으라고 어설픈 조언을 하고 싶지 않았다. 나는 P의 나이 때와 비슷한 시절의 내 모습을 떠올렸다. 그 시절을 겪고 나니, 그 시절 너무 힘주며 살지 않았어도 되었다는 걸 깨달았다. 과거의 나와 같은 고민을 하고 있을 젊은 직원에게 너무 애쓰지 않아도 된다고, 할 수 있는 것만 해도 괜찮다고 말해 주고 싶었다.

작고 사소하고 가벼운 행복

　초등학교 교사인 친구 S는 올해 거제시에서 창원의 한 초등학교로 전근을 왔다. 통화를 할 때면 '언제 한번 거제에 놀러 갈게.'를 인사처럼 말했었는데, 4년 동안 한 번도 간 적이 없었다. 가까운 곳으로 이사를 왔다는 핑계로 주말에 친구를 만나기로 약속했다.

　남편이 자격증 시험 준비로 학원을 가는 바람에 아이들을 돌보는 것은 나의 몫이었다. 실내의 어느 커피숍에서 만나 이야기를 하려 했지만, 약속장소를 야외 공원으로 변경했다. 아이들을 데리고 나가야 하는데 에너지 넘치는 아이들이 커피숍에서 얌전히 있을 리 만무했다. 아이들과의 외출은 준비물이 많았다. 물, 외투, 간식거리, 돗자리…. 이것저것 챙기다 보니 짐이 한 가득이었다. 약속장소에는 많은 사람들이 나들이를 즐기고 있었다. 공원 주차장에는 자리가 없었다. 근처를 몇 바퀴 돌다 멀리 떨어진 곳에 주차를 하고 양 손 가득 짐을 들고 앉을 곳을 찾아 나섰다.

햇빛도, 바람도 좋았다. 야외 활동하기 좋은 봄날이었다. 이미 공원에는 가족, 친구, 연인, 삼삼오오 모여 그늘마다 자리하고 있었다. 앉을 만한 곳을 찾다 마침 평상에서 일어나는 사람들을 발견하고 자리를 잡았나. 돗자리를 펼치자마자 아이들은 스마트 폰을 꺼내 엎드렸다. 밖에 나오면 자연도 좀 감상하고 사람도 구경하면 좋을 텐데, 오로지 핸드폰이다. 집에서 자기들끼리 자유롭게 있을 수 있다는 아이들을 억지로 데리고 나왔다. 나의 욕심이었다.

친구와의 약속, 사람 많은 공원, 주차할 곳 없는 주차장, 심지어 아이들의 행동까지 뭐 하나 내 마음대로 되는 일이 없었다. 한숨을 쉬며 아이들에게 주의를 주려 하는데 친구가 그냥 놔두라고 말렸다. 내가 체념하는 쪽이 빨랐다. 친구를 만나는 동안은 아이들이 실컷 자유를 만끽할 수 있도록 마음을 내려놓았다.

살면서 '꺄르르'라는 웃음소리를 들어본 적이 별로 없었다. 한창 친구와 대화 중인데 근처에서 하이 톤의 웃음소리가 시선을 집중시켰다. 대학생처럼 보이는 여학생 세 명은 사람들의 시선에도 아랑곳없었다. 무슨 즐거운 일이 있는지 박수까지 치며 신나게 웃었다. 간단히 맥주를 마시기도 하고 가위바위보 게임도 하더니, 이내 또 일어나서는 3N3에 홀빅 요량으로 온갖 포즈를 취하며 사진을 찍어

나는 번아웃이었다

댄다.

갓 스무 살을 넘긴 친구들이 반짝반짝 빛나 보였다. 웃는 것이 주변까지 환하게 만드는 것 같았다. '아. 저런 게 바로 청춘이지.'라고 느낄 만큼 그 모습이 싱그러워 보였다. 밝은 에너지가 느껴졌다.

"보기 좋네." '나도 저렇게 반짝이던 때가 있었던가?' 생각해 보던 순간, 친구가 시원한 아이스커피를 건네며 말했다. 아직 마흔도 되지 않은 나이였다. 우리도 젊다면 젊은 나이였다. 이십대의 젊은 친구들을 보며 보기 좋다고 느끼는 우리가 인생 오래 산 할머니 같아 웃음이 새어 나왔다.

"우리는 저 나이 때 뭐했더라?" 뚜렷하게 떠오르지 않았다. 분명 열심히, 힘들게 살아왔다고 생각했는데 나의 이십대가 마땅히 생각나지 않았다. "뭐 하긴. 우린 인생을 너무 진지하게 살았어. 하나같이 다 우중충하게 살았잖아. 뭐 그리 심오한 인생 산다고…."

생각해 보니 친한 친구들 모두 비슷했다. 진로에 대한 걱정이 가장 컸다. 친구들은 적성에 맞지도 않는 전공이 싫어 재수를 했다. 매 학기 학자금 대출 때문에 돈 걱정이 먼저였다. 학교생활과 전혀 다른 사회생활에 적응하느라 기를 썼다. 어떻게 사는 것이 잘 사는 것인가에 대해 치열하게 고민했기 때문에 이십대가 저렇게 예쁘게 반짝이는 것인지 느낄 만한 여유가 없었다. 우리 둘은 말없이 커피를 마셨다.

"그때는 네가 이렇게 선생님이 될 줄 몰랐는데…."

"너도 마찬가지지. 나도 네가 이렇게 빨리 결혼해서 애 엄마 하고 있을 줄 몰랐다."

선생님보다 통·번역사를 꿈꾸던 친구였다. 대학생활에 적응 못해 많은 방황도 했지만, 벌써 햇수로 교직생활 10년이 다 되어 가는 친구였다. 결혼하지 않고 싱글라이프를 즐길 줄 알았던 나는 친한 친구들 중에 가장 먼저 결혼해 아줌마가 되었다. 꿈꾸던 삶과는 달랐지만 그래도 살아가고 있었다. 이렇게도 살아지는데 그때는 왜 그렇게 세상의 모든 고민을 안고 사는 사람처럼 살았는지…. 그때의 우리가 안쓰러우면서도 복잡한 마음이 들었다.

친구와 한창 근황을 이야기했다. 요즘 하고 있는 일에 대한 이야기, 학급 아이들에 관한 이야기, 최근 재미있게 본 드라마 이야기, 좋아하는 연예인에 대한 이야기를 했다. 곧 마흔이 되어 가니 건강에 대한 이야기도 빠질 수 없다.

앞으로의 미래에 대한 이야기는 하지 않았다. 대출 문제, 부모님 건강 문제 등 지금 가지고 있는 고민거리를 털어 놓을 만큼 가까운 사이였지만 걱정대신 사소한 이야기만 했다.

나태주 시인의 《오늘의 약속》이라는 시에는 서로의 이야기만 하기에도 시간이 부족하니 세상 이야기나 복잡한 이야기보다는 사소한 서로의 이야기들만 하기로 약속한다. 멀리 떨어져, 오래 헤어져 살면서도 스스로 행복해지기로 약속한다.

자주 만나지 못하는 친구와의 만남을 통해 서로의 사소한 이야기를 나누었다. 몇 년 뒤 아이들이 조금 더 크면 같이 맛있는 것 먹고 좋은 곳으로 여행 다니며 살자고 약속했다. 주말에 등산 같은 취미생활도 하고, 이십대 때 못했던 것들을 해보면서 좀 더 즐기며 살자고 말했다. 가벼운 일상 이야기만으로도 기분전환이 되었다. 위로였다. 짧은 시간 동안 만나 일상에 대한 대화만으로도, 위로를 받을 수 있는 친구가 있다는 것. 작은 행복이었다.

초등학교 3학년 아들이 일기에 행복에 관해서 썼다. "엄마가 잔소리를 하지 않아서 행복하다. 아이스크림을 두 개 먹어 행복하다. 엄마가 포켓몬 띠부띠부씰을 사 줘서 행복하다." 나도 사소한 기쁨들을 적어본다. 아이들의 웃음소리, 남편의 포옹, 월급날, 맛있는 커피 한 잔, 늦잠, 꽃, 맑은 하늘, 스마트 폰, 음악, 전화통화… 작고 사소한 행복이 참 많다. 그래, 나는 행복한 사람이다.

오늘, 지금

10대 때는 어른의 자유를 동경했다. 어른이 되면 뭐든지 내 마음 대로 다 할 수 있을 것이라 생각했다. 하지만 어른이 된 나는 생각 보다 자유롭지 못했다. 스스로 규범을 정해놓고는 그 틀 속에 나를 넣었다. 자유에는 책임이 따랐고, 책임은 무겁고 무서웠다. 열정만 으로는 하고 싶은 일을 할 수 없었다. 숨 쉬는 것조차 돈이 들 것만 같아 빨리 돈을 벌고 싶었다. 경제적인 자유가 우선이었다.

20대 때는 안정적인 직장을 갈망했다. 월급이 많지 않아도 괜찮 았다. 생활하는 데 드는 최소한의 돈이면 충분했다. 안정적인 직장 을 위해 꼬박 6년을 버텼다. 적성이나 희망은 애초에 고려사항이 아 니었다. 방향성 없이 흔들렸다. 방황도 많이 했다. 잘살고 있다고 생 각했던 모든 것들이 만족스럽지 않았다. 오로지 버티는 것만이 목표였다. 하고 싶은 일이 없었다. 어쩌다 하고 싶다는 생각이 들면 못 하는 이유를 만들었다. '나중에'라는 말로 기회조차 미루며 지냈다.

30대가 되고 나서야 비로소 현실과 타협했다. 꼭 삶이 특별할 필요가 있는가? 이유가 없어도 괜찮았다. 그냥 살기로 했다. 잘살고 싶다는 막연하고 추상적인 생각은 하지 않기로 했다. 생각하면 머리만 아프고 복잡해졌다. 눈을 뜨면 내게 주어진 역할들만으로도 벅찬 하루를 살았다. 다른 사람들도 대부분 비슷하게 산다고 생각하니 위로가 되었다. 살 만했다.

작년 11월 시부모님의 칠순 때였다. 장거리에 산다는 핑계로 자주 찾아뵙지 못했다. 시부모님은 연세가 같으시다. 두 분의 생신이 열흘 차이라 매년 시어머니 생신이면 가족들이 모여서 식사를 하곤 했다. 몇 년 전부터 형제들끼리 돈을 조금씩 모았다. 칠순 때, 친척들을 모시고 크게 잔치를 하려는 계획 때문이었다. 코로나 상황으로 사람들이 많이 모일 수 없었다. 조용히 가족끼리 식사나 하자는 어른들의 말씀에 형제들은 집에서 할 수 있는 가장 요란한 파티계획을 세웠다. 현수막도 붙이고, 풍선도 불고, 감사패와 선물을 준비했다. 부모님 앞에서 언제 재롱을 피우겠냐며 가족들끼리 댄스 장기자랑도 준비했다. 아들들은 두 분을 업어 드리는 시간도 가졌다.

두 분의 모습이 담긴 사진으로 지나온 삶의 과정을 영상으로 제작했다. 두 분의 학창시절 사진, 약혼과 결혼사진, 삼 남매의 자라는 과정, 특별한 순간마다 찍은 사진이었다. 영상은 시간 순으로 지나 갔다. 두 분의 나이 들어가는 모습을 통해 부모님의 삶이 우리에게 도 파노라마처럼 지나갔다. 사진 속의 두 분의 젊은 시절과 지금의 주름 잡힌 손을 보고 있자니 마음 한구석이 찌르르했다. 지나온 세 월을 돌이켜 보는 시간이었다. 그때가 생각나서, 키워주신 것이 감 사해서, 자주 찾아뵙지 못했다는 후회감에…. 영상을 보는 가족들 은 다 각자의 의미로 눈물을 흘렸다. 모든 행사가 끝나고 시아버지 께서 가족들 한 명 한 명을 안아주며 말씀하셨다.

"농부의 장남으로 태어나 기계를 좋아했던 나도 젊었을 때 숱하 게 방황했지. 곱게 키운 자식인데 너희들의 인생 방향이 순탄치 않 을 때 어머니는 또 얼마나 울었는지…. 힘든 세월도 있었겠지만 지 나고 보니 그리 대단하지 않은 인생인데도 참 살 만했구나, 잘살아 왔구나 하는 생각이 드네. 고맙다."

그날 나는 시부모님의 앞으로의 인생을 진심으로 응원했다. 하 루하루 지금보다 더 즐겁고 더 젊게 사시면 좋겠다고 소망했다.

나의 70세를 생각해 보았다. 그냥 사는 것은 충분하지 않았다. 미뤄놓았던 몇 가지를 적었다. 당장 할 수 없는 것이라도 괜찮았다. 살면서 언젠가는 해볼 만한 것들로 채웠다. 생각보다 해보고 싶은 것이 많았다. 사소한 것들도 많았다. 할 수 있는 것과 없는 것을 구 분하고, 가능한 것에 동그라미를 쳤다. 기한은 정하지 않기로 했다.

어떤 사람들은 "원하는 것이 있다면 당장 시작하세요!"라고 말했을 것이다. 그러나 정해진 기한에 초조해지고 싶지 않았다. 꿈만 꾼다고 해도 괜찮았다.

미국의 국민화가라 불리는 모지스 할머니는 76세에 본격적으로 그림을 그리기 시작했다. 전문적으로 미술교육을 받지도 않았고, 편안한 인생을 살았던 것도 아니다. 《인생에서 너무 늦은 때란 없습니다》라는 책을 보면 인생에서 중요한 것은 나이나 때가 아니라 '하고자 하는 자신의 의지'라고 말한다.

모지스 할머니의 이야기는 내게 엄청난 열정과 에너지가 없어도 괜찮다고 말하는 것 같았다. 자신에게 주어진 환경을 받아들이고 하고 싶다는 꿈, 하고자 하는 의지만 있어도 감사할 일이라고 말하는 것 같았다. 좋아하는 일을 시작하고 그 일을 꾸준히 하는 것만으로도 인생을 충분히 잘살고 있는 것이라 위로 받았다.

최선의 노력을 다하고 있다고 생각했었다. 나의 최선으로도 이룰 수 없는 일이 있다는 사실을 확인했다. 무기력하게 시간을 보낸 적도 많다.

책 한번 내보겠다는 꿈을 가졌다. 글을 꾸준히 쓰기 시작했다. 글을 쓰는 동안 지나간 시간들에 대한 기억을 떠올리게 되었다. 치기어리고 불안정했던 나. 자꾸 쓰다 보니 마음이 차분하게 가라앉았다.

　사무실에서 키우고 있는 빨간 안시리움 화분을 본다. 작년 축하 선물로 들어온 화분이었다. 3개월쯤 지나니 빨간 꽃이 모두 시들해져 꽃대를 모두 잘랐다. 초록색 잎만 남긴 것이 보기에 예쁘지 않았다. 버리기 아까워 창가로 옮겨 물을 주고 햇볕을 쬐어주었다. 1년이 지나고 나니 빨간 꽃대가 다시 올라와 사무실을 예쁘게 밝혀준다. 꽃이 졌다고 포기하지 않았다. 꾸준한 관심을 가지니 어느 때고 다시 꽃을 피워낸다. 피고 지는 꽃처럼 앞으로의 내 인생도 좌절하는 어느 날, 기뻐하는 어느 날이 반복될 것임을 안다. 하지만 두렵지 않다.

　지나간 날들을 후회해 봤자 아무 소용없다. 아직 오지 않은 미래를 상상하며 걱정하거나 들뜨는 것도 의미 없다. 오늘, 지금, 내가 할 수 있는 일을 하려고 한다. 언젠가 오늘을 돌아보게 된다면, 그 날은 웃을 수 있으면 좋겠다.

목표가 확실하면 삶의 방향도 확실할 것입니다. 자신이 원하는 바가 무엇인지 명확하게 알고 열정적으로 노력하는 사람들을 보면 부러웠습니다. 잘살고 있는 것 같은데 뭘 하고 싶은지, 뭘 해야 하는지, 뭘 좋아하는지 몰랐습니다. 분명 열심히 살았던 것 같은데, 제자리걸음인 것 같았습니다. 노력만 하면 된다고 생각했는데, 노력으로 어찌 할 수 있는 건 내 마음가짐이 전부라는 것을 뒤늦게 알았습니다.

　제 이야기를 쓰게 될 줄 몰랐습니다. 책이 될 것이라는 생각도 못했습니다. 그저 글을 쓰다 보면 언젠가는 잘 쓸 수 있다는 말에 글을 연습하는 목적으로 쓴다고만 생각했었습니다. 하다가 안 되면 그만둬도 괜찮다는 생각을 하며 매일 썼던 것이 이야기가 되었습니다.

번아웃을 극복했냐구요?

완벽하게 극복했다는 것이 어떤 기준일지 정확하게는 모르겠습니다만, 극복하는 중이라고 과감히 이야기할 수 있습니다. 과거 아무것도 하지 않고 무기력하게 누워만 있었던 저는 이제 작은 일상을 쓰면서 의미를 부여합니다. 거창하진 않지만 제 방식대로 씁니다.

사람이 싫어서 사람들과 거리두기 하며 살았던 제가 블로그를 개설하고 이웃들과 소통하며 지냅니다. 몇 되지 않는 이웃들이 제 글에 공감할 때면 제가 누군가의 삶에 영향을 미친다는 사실이 좋았습니다. 저의 보잘것없는 경험이 누군가에게 공감과 위로가 되고, 작은 계기가 되길 희망하며 글을 썼습니다. 글을 쓰며 행복하다 말하니 점점 작은 것에도 행복감이 느껴집니다.

물론 열정적으로 어떤 일에 몰입하진 않았습니다. 그러나 아무것도 하지 않았던 제가 변화된 것만으로도 번아웃을 극복하고 있다는 생각이 듭니다. 번아웃을 극복하는 방법은 많습니다. 저도 여러 방법들을 시도해 보았습니다. 실패할 때도 많았지만, 제 경험 세 가지는 꼭 말씀드리고 싶습니다.

첫째, 일단 할 수 있는 것만 해도 괜찮습니다.

변화를 위해서는 행동력이 중요하다고 말합니다. 대부분 행동력 뒤엔 구체적인 목표설정, 실천, 의지를 가지고 열정적으로 노력하라는 단서를 붙입니다. 시작도 하기 전에 두려움이 생깁니다.

저는 오직 '행동'에만 집중하라고 말하고 싶습니다. 열정이 없어도, 꿈이 없어도 괜찮습니다. 무언가를 하다가 실패할 수도 있습니다. 지금 자신이 처해있는 환경을 비판하기보다는 그 상황에서 할 수 있는 것만 하는 것입니다. 하루 세 번 큰소리로 웃기, 자고 일어나면 반드시 이불 개기, 10분간 핸드폰 보지 않기, 이런 사소한 것들도 괜찮습니다. 행동에 집중하다 보면 하고 싶은 것을 발견할 수도 있습니다. 행동은 내 생각대로 할 수 있다는 것을 깨닫게 합니다. 어떤 일이든 성공적으로 할 수 있을 것이라는 믿음도 생깁니다. 이런 자기 효능감이 자기 긍정을 만든다고 확신합니다.

둘째, 말해도 괜찮습니다.

힘들면 힘들다고, 싫으면 싫다고, 하고 싶다면 하고 싶다고 말해도 괜찮습니다. 자신의 감정을 억누를 필요는 없습니다. 다른 사람이 신경 쓰여 눈치가 보인다면 일기장에 적어 보는 것도 좋습니다. 솔직한 감정을 말하거나 쓰면 자신의 마음을 알 수 있습니다. 회피하지 않고 자신의 내면을 들여다보면 스스로의 행동을 돌아보게 됩니다. 원인을 알게 되니 의미 없는 행동을 줄이게 됩니다. 원하는 모습도 뚜렷해집니다. 답답했던 마음도 훨씬 편해질 것입니다.

셋째, 움츠리지 않았으면 좋겠습니다.

살면서 숱하게 타인과 비교합니다. 의도하지 않게 비교를 당하기도 합니다. 하지만 남과 비교하며 자신을 비하할 필요도 없습니다. 불안과 걱정을 할 필요도 없습니다. 그저 과거보다, 어제보다 달라진 스스로만 생각하면 좋겠습니다.

처한 환경이, 가진 것들이 당장 극복하기 어려운 것일지도 모릅니다. 애써 부언가를 추구하며 살지 않아도 괜찮습니다. 그저 하루를 살아낸 것만으로도 충분합니다. 움츠릴 필요는 없습니다. 자신의 잘못이 아닌 일에 과도한 책임감을 가지며 스스로를 탓할 필요도 없습니다. 결국에는 좌절하지 않았으면 좋겠습니다.

드라마 〈나의 해방일지〉에 보면 이런 대사가 나옵니다.

> 태훈 : 좀 되셨어요? 해방?
> 향기 : 뭐 어느 날은 된 것 같고, 어느 날은 도로 아미타불이지만 그래도 아예 없었다고는 못하겠는 게… 조과장님은 전혀 없으세요?
> 태훈 : 나의 힘겨움의 원인을 짚었다는 것 외에는…
> 미정 : 그게 전부인 것 같아요. 내 문제점을 짚었다는 거.

온라인 강의를 들으며 화면에 비춰진 제 모습을 보았습니다. 강의 중간중간에 넌신 농담에 고개를 끄덕이며 환하게 웃는 제가 낯설었습니다. 처음 강의를 들을 때, 드러내는 것이 부끄러워 화면을 다른 곳으로 돌려두었던 제가 조금씩 달라집니다.

앞으로도 저는 계속 글을 쓸 것입니다. 과거의 상처와 경험이 더 이상 슬픔이나 좌절이지 않습니다. 삶이 크게 달라지지 않아도, 작고 사소한 변화만으로도 괜찮습니다. 드라마의 대사처럼 내 문제점을 짚었다는 것만으로도 충분합니다. 글을 쓰며 경험과 일상에 가치와 의미를 부여합니다. 더 이상 무기력하지 않습니다.

이런 저의 경험이 무기력 극복을 위해 노력하는 분들의 '번아웃 해방'에도 작은 도움이 되길 바랍니다.